故译新编

许钧　谢天振　主编

穆旦译作选

穆旦 译

王宏印 编

商务印书馆

主编的话

2019 年，是五四运动一百周年。最近一段时间，我们一直在思考与翻译有关的一些问题：在五四运动前后，为什么翻译活动那么活跃？为什么那么多学者、文人重视翻译、从事翻译？为什么围绕翻译，有那么多的争论或者讨论？

五四运动涉及面广，与白话文运动、新文学运动乃至新文化运动之间有着深刻的互动性和内在一致性。考察翻译活动对于五四运动的直接与间接的影响，首先引起我们关注的，是一个"新"字。新文学运动与新文化运动自不必说，"新"是其追求与灵魂。而白话文运动，虽然没有一个明确的"新"字，但相对于文言文，白话文蕴涵的就是一种"新"的生命——语言与文字的崭新统一，为新文体、新表达、新思维的产生拓展了新的可能性。

"新"首先意味着与"旧"的决裂，在这个意义上，五四运动所孕育的启蒙与革命精神体现在语言、文学、文化等各个层面。追求新，有多重途径。推陈出新，是其一，著名的文艺复兴运动具有这样的特征，拿鲁迅的话说，"在意大利文艺复兴的意义，是把古时好的东西复活，将现存坏的东西压倒"。但是，五四运动不能走这条路，鲁迅最反对的就是把旧时代的"孔子礼教"拉出来。此路不通，便只有开辟另一条道路，那就是在与孔孟之道决裂，与旧思想、旧道德决裂的同时，向域外寻求新的东西，寻求新的思想、新的道德。这样一来，翻译便成了必经之路。

如果聚焦五四运动前后的翻译，我们可以发现以下事实：一是翻译受到了前所未有的重视；二是众多学者做起了翻译工作；三是刊物登载的很多是翻译作品；四是西方的各种重要思潮通过翻译涌入了中国。就文学而言，梁启超的"欲新一国之民，不可不先新一国之小说"之思想受到了普遍认同。而要"新"中国之小说，翻译则为先导，其影响深刻而广泛。首先，借助翻译之道，中国的文人与学者有了观念的革新；其次，在不同的文学体裁的内在结构与形式方面，翻译为投身新文学运动的作家提供了可资借鉴的新路径；最后，翻译在为新文学运动注入了具有差异性的外国文学因子的同时，也给新文学运动的积极参与者开拓了进一步认识中国文学传统、反思自身，在借鉴与批判中确立自身的可能性。

一谈到五四运动前后的翻译，我们会想到梁启超、鲁迅、陈望道，还会想到戴望舒、徐志摩、郭沫若……这一个个名字，一想到他们，我们就会感觉到中外文学与文化交流史仿佛拥有了生命，是鲜活的，是涌动的。五四运动前后的这些翻译家就像是一个个重要的精神坐标，闪烁着启蒙之光,引发我们对中华文明的发展与中华民族的伟大复兴作深层次的思考。

创立于维新变法之际的商务印书馆,素有翻译之传统,是译介域外新思潮、新观念、新思想的先行者,一直起着引领的作用。在纪念五四运动一百周年之际,商务印书馆决定有选择地推出五四运动前后翻译家独具个性的"故译",在新的时期赋予其新的生命、新的价值,于是便有了这套"故译新编"。

"故译新编",注重翻译的开放与创造精神,收录开风气之先、勇于创造的翻译家之作。

"故译新编",注重翻译的个性与生命,收录对文学有着独特的理解与阐释、赋予原作以新生命的翻译家之作。

"故译新编",注重翻译的思想性,收录"敞开自身",开辟思想解放之路的翻译家之作。

阅读参与创造,翻译成就经典,我们热切地希望,通过读者朋友具有创造性的阅读,先辈翻译家的"故译",能在新的时期拥有新的生命,绽放新的生命之花。

许　钧　谢天振

2018 年 3 月 18 日

编辑说明

1. 本丛书所收篇目多为20世纪上半叶刊布，其语言习惯有较明显的时代印痕，且译者自有其文字风格，故不按现行用法、写法及表现手法改动原文。

2. 原书专名（人名、地名、术语等）及译名与今不统一者，亦不作改动；若同一专名在同书、同文内译法不一，则加以统一。如确系笔误、排印舛误、外文拼写错误等，则予径改。

3. 数字、标点符号的用法，在不损害原义的情况下，从现行规范校订。

4. 原书因年代久远而字迹模糊或残缺者，据所缺字数以"□"表示。

5. 编校过程中对前人整理成果多有借鉴，谨表谢意。

目录

丘特切夫

布莱克

V

拜伦

雪莱

济慈

朗费罗

穆旦译作选

T. S. 艾略特

X

W. H. 奥登

W. B. 叶芝

前言

1976 年 1 月 19 日，天津，昏黄的路灯下，一个老迈的身躯从自行车上摔下。查良铮怕拖累家人，没有及时治疗。2 月 4 日，X 光拍片，显示右腿股骨骨折，医生嘱咐休养三个月。

7 月 28 日凌晨三时许，唐山大地震。天津震感明显，破坏严重。查良铮和家人移居户外，搭防震棚。地震发生时，查因腿伤未逃出门；墙裂屋晃，烟囱倒塌，砖头掉下，幸而没有伤及人员。

1977 年 2 月 25 日，下午一点半才吃了半碗饭，查良铮胸口疼痛异常；四点半在家做心电图，查明心肌梗塞；六点，在天津市中心医院抢救；八点做心电图，显示好转迹象。

次日凌晨三点五十分，病情突然恶化，抢救无效，一代诗人翻译家溘然长逝。

查良铮身后，以诗人"穆旦"的笔名，留下三本自费出版的诗集，还有大量未来得及出版的诗歌作品。住院前，诗人整理了自己的诗作，留下一页目录，毁掉了若干残片和不满意的作品；而译作，除了二十世纪五六十年代已出版的，尚有花费十数年工夫翻译成功的拜伦的长诗《唐璜》，和生命最后时刻一直在修改却只完成了一半的普希金的长篇诗作

《欧根·奥涅金》，留下了终身的遗憾。

诗歌翻译是一项遗憾的事业，而诗人翻译家的突然离世，造成了中国翻译事业的双重遗憾。

这要从头说起。

1953年1月，年轻的"九叶派"诗人穆旦与夫人周与良完成了学业，拒绝了国外的工作机会和优厚待遇，乘邮轮从美国回到了祖国的怀抱。祖国已经发生了翻天覆地的变化。他们途经上海，巴金和夫人萧珊接待了他们，并建议查良铮翻译俄国文艺作品。一到北京招待所，查良铮就开始了工作。这一年的5月，夫妇俩已经在南开大学任教了。

查良铮首先翻译的是苏联的文艺理论——《文学原理》，这成为新中国文艺学的基础教程和学科建立的理论基础，影响深远。继而翻译俄罗斯诗歌，先是丘特切夫诗作，后来是普希金诗作。从1954年到1958年的五年间，查良铮夜以继日，奋笔疾书，翻译出版多达17部，包括丘特切夫、普希金和英语诗人布莱克、拜伦、雪莱、济慈等的诗作。其数量之多、质量之高，不仅在那个时代令人惊叹，而且在世界文学翻译史上，恐怕也罕有其匹！

查良铮的翻译生涯，其实早在就读清华大学时就已开始，他的诗歌翻译和诗歌创作差不多同时同步进行，有时则是交替进行。在步行三千里从南岳衡山到云南昆明奔赴西南联大的过程中，查良铮怀揣一本《英汉模范字典》，背一页，撕一页，到达目的地，一本字典背完了，也撕完了。他学习俄语的方法也是如此。在云南蒙自，他就请教俄国老师葛邦福（一译膴巴诺维奇）；而在1949年8月赴美留学后，除了进修英语文学外，他的大部分业余时间竟然是学习俄语。由此不难理解：查良铮确曾有长远打算和长期努力，为从事俄英两种语言的翻译打牢了语言和文学基础，为新中国的外国文学教学和翻译事业做出了双重的贡献——既是语言的，又不限于语言——甚至可以说是多重的：

其一，俄罗斯文学和英语语言文学的翻译；

其二，浪漫派诗歌和现代派诗歌的翻译；

其三，文艺理论的翻译。

这在新中国的诗歌翻译界，可以说是独一无二的，也使得他可以在三个领域，相互支援，循环作战，取得了骄人的成果。

翻译与创作一样，也是时代的产物。中华人民共和国成立初期，查良铮从事俄语翻译是一种主动的适应性选择。选择翻译普希金是必然的，因为普希金在俄罗斯文学中的奠基地位，和屈原在中国浪漫主义诗歌史上的奠基地位不相上下。为此，他不仅选译了普希金的抒情诗150多首，出版了两卷本《普希金抒情诗集》，而且翻译了其叙事诗《高加索的俘虏》《青铜骑士》《茨岗》和诗体小说《欧根·奥涅金》。尤其是最后一部作品，译者晚年重新进行修改，力图逼近"普希金诗节"的效果。可惜未能完成，留下了艺术上的缺憾。以前学界有一种误解，以为查良铮是从英文转译的俄罗斯诗歌，其实查译俄罗斯诗歌，特别是《欧根·奥涅金》，尽管不是第一个译本，却是从俄文原文直接译出，同时还参考了英译本和德译本。《欧根·奥涅金》先后在1954年、1957年和1983年出过不同的版本。

如果说翻译普希金是奠定新中国俄罗斯文学史的考虑，那么，翻译丘特切夫就是更为现实的和艺术的考虑。除了丘特切夫的象征主义诗学（这为后来的俄罗斯文学史所证明，而在当时，还没有被普遍意识到），《沉默吧》《我没有一天不沉沦》等诗作，更多地吻合了诗人当时在政治环境重压下苦闷的心情和压抑的心境，抚慰了诗人受伤的心灵。诗歌翻译，作为诗歌创作欲罢而不能的替代品，延续了诗人翻译家的诗歌艺术生命，为其晚年诗歌创作的恢复积累能量。这是不言而喻的。

同样是由于时代和环境的因素，查良铮翻译的英语诗歌，基本上限于积极浪漫派的诗歌范围，以拜伦、雪莱、济慈等为主，而对于华兹华斯、柯勒律治、骚塞等消极浪漫派的诗歌，则没有涉及。早期浪漫派的代表布莱克的诗歌的翻译，数量也甚少。美国诗歌，可能是因为教学内容的限制，他只翻译了朗费罗的少量诗歌。

作为现代派诗人（以笔名"穆旦"驰名现代诗坛），查良铮在"文革"后期中美关系一度缓和时，因为接受了一位亲戚的赠书，而获得了一个千载难逢的机会。敏锐的诗人抓住了这个机会，很快地选译了《英国现代诗选》。虽然当时不可能出版，但查良铮是最有能力和意识翻译现代派诗歌的，因为他在西南联大时期，就听过燕卜荪等人的课。毫不客气地说，查良铮一族才是地道的有师承的现代派正脉。较之台湾二十世纪五六十年代的现代派，和大陆"文革"期间及以后的朦胧诗派，要更早，更正宗。在翻译方面，他既不同于许多原来翻译浪漫派诗歌后来也翻译现代派诗歌的转型译者，也不同于以浪漫派诗歌方法和语言格调翻译现代派诗歌的隔行译者。尽管查良铮自己很谦虚，他甚至说在艾略特诗歌翻译方面，他"翻不过"赵萝蕤，但和其他译者进行比较，便会发现，在这个崭新的需要探索的诗歌翻译领域，查良铮也是独一无二的。因为英美现代派诗歌的正宗一脉，正是在这位诗人翻译家的手中得以延续。

关于查良铮的译诗生涯和诗歌艺术，择其要者，有必要详细地交代一下查译《唐璜》的过程，我们由此可知其诗歌翻译的代表作是怎样炼成的。

查良铮翻译拜伦的长篇叙事诗《唐璜》，是一个长期准备和缓慢完成的过程。夫人周与良1981年11月在《拜伦诗选》的出版后记里说明了这一过程的关键所在，以及是怎样进行的：

> 一九七二年初步落实政策时，我由被查抄后发还的物品中找到了他的老朋友肖（萧珊）同志送他的英文本《拜伦全集》。他如获至宝，开始增译和修改一九五八年出版的《拜伦抒情诗集》，汇集成现在《拜伦诗选》。
>
> （《穆旦译文集》第3卷，第360页）

这一席话，特别是"增译和修改"，究竟意味着什么呢？

今天，我们在人民文学出版社出版的《穆旦译文集》第3卷的《拜伦诗选》中，还可以看到一九五八年版的这个集子。从目录上看，除了译者撰写的《拜伦小传》，正文实际包括了三个部分：

短诗（实际上包含的是抒情诗）；

长诗选段（除了《英国诗人和苏格兰评论家》《海盗》《阿比杜斯的新娘》中的少数片段之外，主要是《恰尔德·哈洛尔德游记》的 9 个片段和《唐璜》的 12 个片段）；

长诗（包括《科林斯的围攻》《锡雍的囚徒》《贝波》《审判的幻景》《青铜世纪》等长篇叙事诗）。

这至少意味着：

1. 在内容上，《唐璜》各章的主要内容包括情节和人物，已经在译者的头脑中有了比较清晰而连贯的印象。

2.《唐璜》不同部分的诗歌体制与风格，已经有了尚容许变化的摸索。

3.《唐璜》各部分的语言特点、词汇分布和句法变化，已经明了。

4.《唐璜》的试译工作，到此可以说已经基本完成。

当然，这些还不包括译者对具体的翻译策略和翻译方法的考虑。不过，我们不难想象，做了这样充分的准备后，翻译的效果就会有保证。何况此时的查良铮，已经是一个有经验的翻译家，他的诗歌翻译艺术，已经达到运用自如的程度。难怪有人把《唐璜》的译竟，看作是"中国译诗艺术走向成熟的标志"。

同样，查良铮翻译《唐璜》，也不是为了迎合当时公众的阅读兴趣。他清楚地知道，中国读者大多数没有读过像拜伦的《唐璜》这样好的诗歌——也没有这样的机会。因此，翻译才成为一种需要，一种必需。毕竟，诗歌是语言的艺术，而译诗的语言历经锤炼，会变得越来越纯熟，越来越老到。此时的查良铮，就语言的修炼和文本的熔铸而言，可以说已经进入炉火纯青的阶段——褪尽了文言词和单字组合的痕迹，入于文学语言的上品——上口、顺耳，语汇、句法、趣味，都合乎现代口语的要求。同时，他对原诗中闪光的亮点，也有着敏感的把握和传神的表达，真正做到了一切依照原作，雅俗如之，深浅如之，口气如之，文体如之。

1973 年，《唐璜》的最后译稿包括注释，终于整理和修改完成了。查良铮亲自去邮局，用牛皮纸把稿子包好，寄到出版社。三年过去了，1976 年，诗人在日记中写道：

76.12.9，得悉《唐璜》译稿在出版社，可用。

两个月后，查良铮不幸去世。

又过了几年，查良铮得到了平反，恢复了政治待遇。

迄今，在北京万安公墓的一座墓地，安放着一部《唐璜》，墓碑上刻着"诗人穆旦之墓"。

最后，我们来说一说这个选本。本译诗集的选编原则，是按照语种和诗歌类型分类排列，大体说来，先是俄罗斯诗歌、英国浪漫派诗歌，然后是现代派诗歌。特别选入由美国进入英国的艾略特的《荒原》，由英国进入美国的奥登的《在战争时期》（通译为《战地行》），以及爱尔兰文艺复兴代表人物叶芝的《驶向拜占庭》等代表性诗作，以显示查良铮在现代派诗歌翻译方面的卓越贡献。而每一辑，则以诗人的生年为序，各篇目也大致按照诗集上的顺序，即诗人创作或发表的时间先后进行排列，而非按照诗歌翻译的顺序。这样大致可以有一个文学史或诗歌史的呈现序列。在必要的地方，保留了查译的注释，例如《荒原》，尽量保留了译者译自《理解诗歌》的详注和题解。个别地方增加了笔者的少量注释，以补充原注不足的缺憾，以便于阅读和理解诗歌背景和主题思想。

在具体诗歌内容方面，编选所照顾的主要是抒情短诗，在内容上除了众所周知的诗人的名诗和代表作以外（例如《希腊古瓮颂》《美术馆》《寄西伯利亚》《"假如生活欺骗了你"》《想从前我们俩分手》《阿尔弗瑞德·普鲁弗洛克的情歌》），尚有个人的审美标准在内，例如，宁愿选《印度小夜曲》以显示异国文化的影响，宁愿选《1819年的英国》而不选《给英国人民的歌》。当然，还想保持风景诗、爱情诗、政治诗、唱和诗等不同的类型和比例。

另一方面，也照顾西方文明史的主题，例如涉及希腊、罗马主题的《哀希腊》《罗马》《阿波罗礼赞》，涉及历史名人的如《拿破仑的告别》《致托马斯·摩尔》，涉及诗人交往的如《给华兹华斯》《约翰·济慈》《悼念叶芝》。此外，虽然篇幅有限，还是尽量照顾一些篇幅适中的长诗，如雪莱的《西风颂》，济慈的《无情的妖女》。还有一些长诗的片段，选自《欧根·奥涅金》《唐璜》《恰尔德·哈洛尔德游记》等，其标题有的是原译本就有，有的则是编者所加。

对穆旦诗歌创作影响明显的译诗，也酌情收录，例如雪莱的《秋：葬歌》，布莱克的《咏春》《咏夏》《咏秋》《咏冬》。考虑诗歌翻译本身的题材，则收录了普希金的《"乌鸦朝着乌鸦飞翔"》，其与英国早期民歌《两只乌鸦》《三只乌鸦》有渊源关系；而普希金的《独处》，则译自法国诗人阿尔诺的《孤独》；还有拜伦的《拿破仑的告别》，虽然注明"译自法文"，实际上却是拜伦的创作；等等。这样一来，这个诗集就有了翻译文学和比较文学的双重意味，也就是说，有了影响研究和转译甚至"伪译"的不同格局了。

当然，无论如何照顾全面，重塑经典，一个诗集是不可能完美无缺的，但我们希望这个集子有新的原则和视点，进而有新的风貌和特点，能够为今天广大的诗歌爱好者所喜欢。

王宏印（朱墨）

2018 年 12 月 11 日于古城长安西外专家楼

普希金

我的墓铭

这儿埋下了普希金；他一生快乐，
尽伴着年轻的缪斯，慵懒和爱神；
他没有作出好的事，不过老实说，
他从心眼里却是个好人。

1815 年

"是的，我幸福过"[1]

是的，我幸福过；是的，我享受过了；

我陶醉于平静的喜悦，激动的热情……

但飞速的欢乐的日子哪里去了？

　　如此匆匆消逝了梦景，

　　欢情的美色已经枯凋，

在我四周，又落下无聊底沉郁暗影！……

1815 年

注释：

1　诗人和 E.巴库妮娜相遇后，在日记上写下这首诗。文中除标明为编者、原著者等所作的注释外，其余均为译注。

给一位画家[1]

啊，美神和灵感之子，
请趁着火热心灵的氤氲，
以你多姿而潇洒的画笔
描绘出我心上的友人；

绘出那妩媚的纯真之美，
和希望底姣好的姿容，
还有圣洁的喜悦的微笑，
和美之精灵的眼睛。

环绕希比[2]的颀长的腰身
请系住维纳斯的腰带，
请将阿尔般[3]隐秘的珍宝
给我的公主周身佩戴。

请以薄纱的透明的波浪
遮上她那颤动的胸脯，
好让她暗暗地叹息，

她不愿意将心事透露。

请绘出羞怯的爱情之梦，
然后，充满了梦魂之思，
我将以幸福的恋人的手
在下面签写我的名字。

1815 年

注释：

1　本诗是写给诗人同学 A.伊里切夫斯基的，他在校中以善绘著称，所绘的是巴库尼娜的肖像，她为许多皇村学生所钟情。

2　希比，主宰青春的女神。

3　阿尔般，罗马北方已熄灭的火山。

秋天的早晨

一阵繁响；我孤寂的室中
充满了田野芦苇的萧萧，
我最后一场梦中的情景
带着恋人的丽影飞逝了。
夜影已经溜出了天空，
曙光上升，白溶溶地闪亮，
但我的周身却凄清、荒凉……
她已经去了……在那河边上
她常常在晴朗的黄昏徜徉；
啊，在那河边，在绿茵的草地，
我似乎看见心爱的姑娘
她美丽的脚所留下的痕迹。
我郁郁地蹚进林中的幽径，
我念着我那天使的芳名；
我呼唤她——这凄凉的声音
只在遥远的空谷把她回荡。
我向小溪走去，充满梦想；
那溪水仍旧缓缓地流泻，

却不再波动那难忘的影像。

她已经去了！……唉，我得告别

幸福和心灵，在甜蜜的春光

到临以前。秋季以寒冷的手

剥光了白桦和菩提树的头，

它就在那枯谢的林中喧响；

在那里，黄叶日夜在飞旋，

一层白雾笼罩着寒冷的波浪，

还时时听到秋风啸过林间。

啊，我熟悉的山冈、树林和田野！

神圣的幽静底守护！我的欢欣

和相思的见证！我就要忘却

你们了……直到春天再度来临！

1816 年

月亮

你为何从云层里露面，
孤独的、凄清的月亮，
并且透过窗扉，把一片
暗淡的光辉照在枕上？
你以你的阴郁的面容
引动我悲哀的游思翱翔，
引来那不顾严刻的理性
怎样都难止息的欲望，
唉，爱情的无益的苦痛。
远远地飞去吧，以往！
安睡吧，不幸的爱情！
那样的夜晚不再来临：
你不再透过幽暗的夜幕
以你神秘而静谧的光
苍白地，苍白地照出
我的恋人的美丽的脸庞。
啊，情欲的激情怎能够比
那真正的幸福和爱情

给予的秘密的美的慰藉？

你能不能飞回来，欢情？

时光啊，那欢欣的寸阴

为什么如此飞快地掠过？

而轻浮的梦影疏落了，

不料早霞竟把它吞没？

月亮啊，为什么你溜去了，

消隐在那明亮的天际？

为什么曙光无情地闪耀？

何以我和她竟然分离？

1816 年

祝饮之杯

琥珀的酒杯
早已经斟满，
沸腾的气泡
在闪烁，迸溅。
遍观全世界，
它最称心愿，
可是要为谁
把这酒饮干？

为荣誉畅饮？
那不会是我，
战争的嬉戏
跟我不投合。
那一种消遣
不使人欢乐，
友谊的醑酊：
战鼓响不得。

天庭的子民，
菲伯的使徒，
歌者们，饮吧，
为诗神祝福！
嬉笑的缪斯
来抚爱——可叹！
灵感的泉流
水一般清淡。

为青春而饮，
为爱的欢乐——
可是，孩子们
青春就隐没……
琥珀的酒杯
早已经斟满，
我呀，感谢酒，
为酒而饮干。

1816 年

023

给同学们[1]

幽居的年代飞逝了；
和睦的朋友，我们再也
不会有许多日子看到
这幽居和皇村的田野。
别离就在眼前，人世的
遥远的喧声向我们招呼；
每人望着前面的道路，
不禁激动于骄傲的
青春的梦想。有的把头脑
藏在军帽下，穿上军衣，
已经挥舞着骠骑军刀——
在主显节期的检阅中，
被早晨的寒气冻得通红，
骑马巡哨又全身发烧；
有的生来该居显要，
不爱正直，而爱头衔，
要在著名骗子的外厅间
充当一名恭顺的骗徒；

只有我，听从命运的摆布，

把自己交给快乐的慵懒，

满心淡漠的，毫无所谓，

我在一边悄悄打瞌睡⋯⋯

对于我，骑兵、文书都一样，

法律、军帽，也不计较，

我不拼命地想当队长，

八级文官，又有什么好；

朋友们，请稍稍宽容——

请让我戴着红色的尖帽[2]，

只要我不是罪孽深重

必须用钢盔把它换掉；

只要懒惰的人能够

不招来可怕的灾害，

我仍旧将以随意的手

在七月里把胸襟敞开[3]。

1817 年

注释:

1 本诗为诗人在皇村中学毕业前所作。

2　在古代，红色尖帽为被解放的奴隶所戴。法国大革命时，雅各宾党人以红帽为自由底象征。

3　当时俄国军规，严禁军人在任何情形下敞开军服。

自由颂[1]

去吧，从我的眼前滚开，
柔弱的西色拉岛的皇后！
你在哪里？对帝王的惊雷，
啊，你骄傲的自由底歌手？
来吧，把我的桂冠扯去，
把娇弱无力的竖琴打破……
我要给世人歌唱自由，
我要打击皇位上的罪恶。

请给我指出那个辉煌的
高卢人[2]的高贵的足迹，
你使他唱出勇敢的赞歌，
面对光荣的苦难而不惧。
战栗吧！世间的专制暴君，
无常的命运暂时的宠幸！
而你们，匍匐着的奴隶，
听啊，振奋起来，觉醒！

唉，无论我向哪里望去——
到处是皮鞭，到处是铁掌，
对于法理的致命的侮辱，
奴隶软弱的泪水汪洋；
到处都是不义的权力
在偏见底浓密的幽暗中
登了位——靠奴役的天才，
和对光荣的害人的热情。

要想看到帝王的头上
没有人民的痛苦压积，
那只有当神圣的自由
和强大的法理结合一起；
只有当法理以坚强的盾
保护一切人，它的利剑
被忠实的公民的手紧握，
挥过平等的头上，毫无情面；

只有当正义的手把罪恶
从它的高位向下挥击，

这只手啊，它不肯为了贪婪
或者畏惧，而稍稍姑息。
当权者啊！是法理，不是上天
给了你们冠冕和皇位，
你们虽然高居于人民之上，
但该受永恒的法理支配。

啊，不幸，那是民族的不幸，
若是让法理不慎地瞌睡；
若是无论人民或帝王
能把法理玩弄于股掌内！
关于这，我要请你作证，
哦，显赫的过错的殉难者[3]，
在不久以前的风暴里，
你帝王的头为祖先而跌落。

在无言的后代的见证下[4]，
路易昂扬地升向死亡，
他把黜免了皇冠的头
垂放在背信底血腥刑台上；

029

法理沉默了——人们沉默了，
罪恶的斧头降落了……
于是，在戴枷锁的高卢人身上
覆下了恶徒的紫袍[5]。

我憎恨你和你的皇座，
专制的暴君和魔王！
我带着残忍的高兴看着
你的覆灭，你子孙的死亡。
人人会在你的额上
读到人民的诅咒的印记，
你是世上对神的责备，
自然的耻辱，人间的瘟疫。

当午夜的天空的星星
在幽暗的涅瓦河上闪烁，
而无忧的头被平和的梦
压得沉重，静静地睡着，
沉思的歌者却在凝视
一个暴君的荒芜的遗迹，

一个久已弃置的宫殿[6]
在雾色里狰狞地安息。

他还听见，在可怕的宫墙后，
克里奥[7]的令人心悸的宣判，
卡里古拉[8]的临终的一刻
在他眼前清晰地呈现。
他还看见：披着肩绶和勋章，
一群诡秘的刽子手走过去，
被酒和恶意灌得醉醺醺，
满脸是骄横，心里是恐惧。

不忠的警卫沉默不语，
高悬的吊桥静静落下来，
在幽暗的夜里，两扇宫门
被收买的内奸悄悄打开……
噢，可耻！我们时代的暴行！
像野兽，欢跃着土耳其士兵[9]！……
不荣耀的一击降落了……
戴王冠的恶徒死于非命[10]。

031

穆旦译作选

接受这个教训吧，帝王们：

今天，无论是刑罚，是褒奖，

是血腥的囚牢，还是神坛，

全不能作你们真正的屏障；

请在法理可靠的荫蔽下

首先把你们的头低垂，

如是，人民的自由和安宁

才是皇座的永远的守卫。

1817 年

注释：

1　本诗在诗人生时以手抄本流行（全部发表在 1905 年）。沙皇政府得到它的抄本后，以此为主要罪名将诗人流放南方。本诗写作于 Н. И. 屠格涅夫兄弟的居室中，从这间屋子可以望见米海洛夫斯基王宫，暴君巴维尔一世于 1801 年 3 月被害于此。

2　一说指法国革命诗人雷勃伦（1729—1807），一说指安德列·谢尼埃（1762—1794），法国革命中牺牲的诗人。

3　指法王路易十六。普希金认为他的受刑，乃是他的祖先所犯的过错的结果。

4　这以下的六行指：革命者不合法理地处死了一个已被废黜的国王。法理沉默了，因而导致拿破仑的统治。

5　指拿破仑的王袍。

6 指米海洛夫斯基王宫，暴君巴维尔一世被杀于此。

7 克里奥，古希腊神话中司历史和史诗的神。

8 卡里古拉是纪元后一世纪的罗马皇帝，以残暴著称，后为近臣所杀。

9 东方君主常以土耳其人的步兵队作为自己的近卫军，这种军队在宫廷叛变中常常起着不小的作用。

10 指巴维尔一世的被杀。

033

题茹科夫斯基肖像

他的诗句的醉人肺腑的甘蜜
将流入世世代代赞美的远方；
听到它们，青春为光荣而叹息，
无言的忧郁会感到心情舒畅，
而嬉笑的欢乐将沉思郁郁。

1818 年

致恰达耶夫[1]

爱情、希望、平静的荣誉
都曾骗过我们一阵痴情，
去了，去了，啊，青春的欢愉，
像梦，像朝雾似的无影无踪；
然而，我们还有一个意愿
在心里燃烧：专制的迫害
正笼罩着头顶，我们都在
迫切地倾听着祖国的呼唤。
我们不安地为希望所折磨，
切盼着神圣的自由的来临，
就像是一个年轻的恋人
等待他的真情约会的一刻。
朋友啊！趁我们为自由沸腾，
趁这颗正直的心还在蓬勃，
让我们倾注这整个心灵，
以它美丽的火焰献给祖国！
同志啊，相信吧：幸福的星
就要升起，放射迷人的光芒，

俄罗斯会从睡梦中跃起，

而在专制政体的废墟上

我们的名字将被人铭记！

1818 年

注释：

1 本诗以手抄本流行，在十二月党人中起过鼓舞作用，是诗人最流行的作品之一。П.Я.恰达耶夫（1794—1856），普希金的好友和作家，1821 年以前任御前近卫军军官。1836 年发表《哲学书简》，被沙皇尼古拉送进精神病院。他是俄国 19 世纪初叶有进步的哲学观点和政治思想的人中的代表人物。

独处[1]

住在僻静的庭荫的人有福了,

他远离了吹毛求疵的无知之辈,

他把日子分配给悠闲和辛劳,

有时回忆,有时在希望中陶醉;

命运给了他一些知心的友好,

使他避开了(谢谢老天的慈悲!)

无论是令人恹恹欲睡的愚夫,

还是那激怒人的无耻之徒。

1819 年

注释:

1　本诗是法国诗人阿尔诺的《孤独》一诗的翻译。

皇村

优美感情和昔日欢乐的守护，
林野的歌者久已熟悉的精灵——
记忆啊，请在我的眼前描绘出
那迷人的地方，我曾以整个心灵
在那儿生活过；请绘出那林丛，
它培养过我的情感，我爱过，
在那儿，我的青年和童年交融，
在那儿，被自然和幻想爱抚着，
我体验到了诗情，欢笑和平静。
引我去吧，引我去到那菩提树荫，
对于我自由的慵懒，它永远可亲；
引我到湖水边，到幽寂的山岩！……
我要再看到那厚密的绿草如茵，
那明亮的山谷，那古树的枝干，
那潮湿湖岸的一片熟稔的风景，
还有在静静的湖心，游过明波，
那一群骄傲的安详的天鹅。
别人尽可以歌唱英雄和血战，

但我只单纯地喜爱生活的安谧，
荣誉的辉煌的幻景与我无缘，
这缪斯的无名友人只要向你——
皇村的美丽树林啊，从此奉献
他平静的歌唱和恬适的悠闲。

1819 年

致大海

再见吧,自由的元素!
最后一次了,在我眼前
你的蓝色的浪头翻滚起伏,
你的骄傲的美闪烁壮观。

仿佛友人的忧郁的絮语,
仿佛他别离一刻的招呼,
最后一次了,我听着你的
喧声呼唤,你的沉郁的吐诉。

我全心渴望的国度呀,大海!
多么常常的,在你的岸上
我静静地,迷惘地徘徊,
苦思着我那珍爱的愿望[1]。

啊,我多么爱听你的回声,
那喑哑的声音,那深渊之歌,
我爱听你黄昏时分的幽静,

和你任性的脾气的发作!

渔人的渺小的帆凭着
你的喜怒无常的保护
在两齿之间大胆地滑过,
但你若汹涌起来,无法克服,
成群的渔船就会覆没。

直到现在,我还不能离开
这令我厌烦的凝固的石岸,
我还没有热烈地拥抱你,大海!
也没有让我的诗情的波澜
随着你的山脊跑开!

你在期待,呼唤……我却被缚住,
我的心徒然想要挣脱开,
是更强烈的感情把我迷住,
于是我在岸边留下来……

有什么可顾惜的? 而今哪里

能使我奔上坦荡的途径？
在你的荒凉中，只有一件东西
也许还激动我的心灵。

一面峭壁，一个光荣的坟墓……
那里，种种伟大的回忆
已在寒冷的梦里沉没，
啊，是拿破仑熄灭在那里[2]。

他已经在苦恼里长眠。
紧随着他，另一个天才
像风暴之声驰过我们面前，
啊，我们心灵的另一个主宰[3]。

他去了，使自由在悲泣中！
他把自己的桂冠留给世上。
喧腾吧，为险恶的天时而汹涌，
噢，大海！他曾经为你歌唱。

他是由你的精气塑成的，

海啊，他是你的形象的反映；
他像你似的深沉、有力、阴郁，
他也倔强得和你一样。

世界空虚了……哦，海洋，
现在你还能把我带到哪里？
到处，人们的命运都是一样：
哪里有幸福，必有教育
或暴君看守得非常严密。

再见吧，大海！你壮观的美色
将永远不会被我遗忘；
我将久久地，久久地听着
你在黄昏时分的轰响。

心里充满了你，我将要把
你的山岩，你的海湾，
你的光和影，你的浪花的喋喋，
带到森林，带到寂静的荒原。

1824 年

043

注释:

1　诗人一度想从敖德萨偷渡出海,逃避流放,但未成功。

2　拿破仑于 1821 年死于圣·海伦那岛的囚居中。

3　指英国诗人拜伦。拜伦在 1821 年参加希腊革命时死去。

"假如生活欺骗了你"[1]

假如生活欺骗了你，

不要忧郁，也不要愤慨！

不顺心时暂且克制自己，

相信吧，快乐之日就会到来。

我们的心儿憧憬着未来，

现今总是令人悲哀：

一切都是暂时的，转瞬即逝，

而那逝去的将变为可爱。

1825 年

注释：

1　这首诗是题在 П.А.奥西波娃的女儿 E.H.（姬姬）·渥尔夫（1809—
1883）的纪念册上的。

酒神之歌

　　为什么欢乐的声音喑哑了？

　　响起来吧，酒神的重叠的歌唱！

　　来呀，祝福那些爱过我们的

别人的年轻妻子，祝福柔情的姑娘！

　　斟吧，把这杯子斟得满满！

　　　　把定情的指环，

　　　　当啷一声响，

　　投到杯底去，沉入浓郁的琼浆！

让我们举手碰杯，一口气把它饮干！

祝诗神万岁！祝理性光芒万丈！

　　哦，燃烧吧，你神圣的太阳！

　　正如在上升的曙光之前，

　　这一盏油灯变得如此暗淡，

虚假的学识啊，你也就要暗淡、死亡，

　　在智慧底永恒的太阳前面。

　　祝太阳万岁，黑暗永远隐藏！

1825 年

冬天的道路

透过一层轻纱似的薄雾
月亮洒下了它的幽光，
它凄清地照着一片林木，
照在林边荒凉的野地上。

在枯索的冬天的道上
三只猎犬拉着雪橇奔跑，
一路上铃声叮当地响，
它响得那么倦人的单调。

从车夫唱着的悠长的歌
能听出乡土的某种心肠；
它时而是粗野的欢乐，
时而是内心的忧伤。……

看不见灯火，也看不见
黝黑的茅屋，只有冰雪、荒地……
只有一条里程在眼前
朝我奔来，又向后退去……

047

我厌倦，忧郁……明天，妮娜，
明天啊，我就坐在炉火边
忘怀于一切，而且只把
亲爱的人儿看个不倦。

我们将等待时钟滴答地
绕完了有节奏的一周，
等午夜使讨厌的人们散去，
那时我们也不会分手。

我忧郁，妮娜：路是如此漫长，
我的车夫也已沉默，困倦，
一路只有车铃单调地响，
浓雾已遮住了月亮的脸。

寄西伯利亚[1]

　　在西伯利亚的矿坑深处，
　　请把高傲的忍耐置于心中：
　　你们辛酸的工作不白受苦，
　　崇高理想的追求不会落空。

　　灾难的忠实姊妹——希望
　　在幽暗的地下鼓舞人心，
　　她将把勇气和欢乐激扬：
　　渴盼的日子就要降临。

　　爱情和友谊将会穿过
　　幽暗的铁门，向你们传送，
　　一如我的自由的高歌
　　传到了你们苦役的洞中。

　　沉重的枷锁将被打掉，
　　牢狱会崩塌——而在门口，
　　自由将欢欣地把你们拥抱，

弟兄们把利剑交到你们手。

1827 年

注释：

1　十二月党人在革命失败后，有百余人被流放到西伯利亚的矿坑中去做苦工。这首诗和《给普希钦》都由尼基大·摩拉维奥夫的妻子带到了西伯利亚。服苦役的十二月党诗人奥多耶夫斯基写了一首诗回答普希金，其中一句"星星之火可以燎原"是以后列宁创办《星火报》命名的来源。

夜莺和玫瑰

园林静悄悄，在春夜的幽暗里，
一只东方的夜莺歌唱在玫瑰花丛。
但可爱的玫瑰没有感觉，毫不注意，
反而在恋歌的赞扬下摇摇入梦。
你不正是这样给冰冷的美人歌唱？
醒来吧，诗人！有什么值得你向往？
她毫不听，也不理解诗人的感情；
你看她鲜艳；你呼唤——却没有回声。

1827 年

诗人

当阿波罗还没有向诗人
要求庄严的牺牲的时候，
诗人尽在怯懦而虚荣地
浸沉于世俗无谓的烦扰；
他的神圣的竖琴暗哑了，
他的灵魂咀嚼着寒冷的梦；
在空虚的儿童世界中间
也许他是最空虚的儿童。

然而，诗人敏锐的耳朵
刚一接触到神的声音，
他的灵魂立刻颤动起来，
像是一只惊醒的鸷鹰。
他厌烦了世间的嬉戏，
不再聆听滔滔的人言，
他高傲的头不肯低垂
在世俗的偶像的脚前；
他变得严峻，性情古怪，

心里充满了繁响和紊乱，
他要朝向荒凉的海岸狂奔，
投进广阔的喧响的树林……

1827 年

"乌鸦朝着乌鸦飞翔"[1]

乌鸦朝着乌鸦飞翔，
乌鸦朝着乌鸦号叫：
乌鸦！我们到哪儿午餐？
关于这，可怎么知道？

乌鸦回答乌鸦说：
哪儿有午餐，我知道，
在那田野的柳树下
一个勇士刚刚死掉。

是谁杀死的？为什么？
只有苍鹰它才清楚，
还有那匹黑色的马儿，
还有家里年轻的主妇。

苍鹰已经飞进了树林，
那匹黑马也已病倒，
可是主妇等着迎接

不是死人，是情人的笑。

1828 年

注释：

1　本诗在 1829 年的集中被题名为《苏格兰的歌》，它是从华尔德·司考特《苏格兰民歌集》的法译本摘出的，但只有前半是翻译出来的。

穆旦译作选

题征服者的半身像[1]

你徒然看出这里的错误：

艺术之手在大理石上雕出

既有唇边的笑意，又有额前

文雅的圆滑，冷峻的愤怒。

何止是面容上含意双关，

这君王为人与此也逼肖：

他经常作矛盾感情的表演，

相貌和生活都是个丑角。

1829 年

注释：

1　半身像是亚历山大一世，丹麦雕刻家托瓦尔金所作。据普希金说，连雕刻家自己也诧异于这雕像的面容的双重性：上半皱眉、含怒，下半却表现了永远的笑意。

十四行[1]

> 别蔑视十四行吧，批评家。
>
> ——华兹华斯

严峻的但丁不蔑视十四行体；
彼特拉克向它灌注了情火；
麦克白的创造者爱和它游戏；
卡门斯的悲思以它为衣着。

在我们今天，它也迷住诗人：
华兹华斯选用了十四行，
当他远远避开世俗的纷纭
尽自描绘着自然底理想。

在遥远的塔弗利达的山阴下，
立陶宛的歌者在它的韵律中
暂时寄托了自己的幻梦。

在这儿，当少女还不知道它，

057

德里维格已经为它而遗忘

那六步格的神圣的歌唱。

1830 年

注释：

1　本诗所涉及的诗人：但丁和彼特拉克是意大利诗人；"麦克白的创造者"指英国的莎士比亚；卡门斯是 16 世纪葡萄牙诗人；华兹华斯是 19 世纪英国诗人；"立陶宛的歌者"指波兰诗人密茨凯维支；德里维格是普希金的好友。

致诗人

诗人啊，请不要重视世人的爱好，
热狂的赞誉不过是瞬息的闹声；
你将听到蠢人的指责，社会的冷嘲，
可是坚持下去吧，你要沉着而平静。

你是帝王：在自由之路上自行其是，
任随自由的心灵引你到什么地方；
请致力于完善你珍爱的思想果实，
也不必为你高贵的业绩索取报偿。

它本身就是报酬。你是你的最高法官；
对自己的作品，你比谁都更能严判。
苛求的艺术家啊，它是否使你满意？

满意吗？那么任世人去责骂它好了，
当你的神坛的火在烧，任他们唾弃，
并且和顽童一样，摇撼你的香炉脚。

1830 年

059

"为了遥远的祖国的海岸"

为了遥远的祖国的海岸
你离去了这异邦的土地；
在那悲哀难忘的一刻，
我对着你久久地哭泣。
我伸出了冰冷的双手
枉然想要把你留住，
我呻吟着，恳求不要打断
这可怕的别离的痛苦。

然而你竟移去了嘴唇，
断然割舍了痛苦的一吻，
你要我去到另一个地方，
从这幽暗的流放里脱身。
你说过："我们后会有期，
在永远的蓝天下，让我们
在橄榄树荫里，我的朋友，
再一次结合爱情的吻。"

但是，唉，就在那个地方，

天空还闪着蔚蓝的光辉，

橄榄树的阴影铺在水上，

而你却永远静静地安睡。

你的秀色和你的苦痛

都已在墓瓮中化为乌有，

随之相会的一吻也完了……

但我等着它，它跟在你后……

1830 年

茨岗

是一个幽静的黄昏，
在树林茂密的河岸，
帐篷里传出笑闹和歌声，
稀疏的营火闪闪。

祝福你，快乐的民族！
我认得出你们的篝火；
如果换个时候，我会跟随
你们的帐篷一起漂泊。

等到明天，刚露出曙光，
就消失你们自由的足迹，
你们走了——但你们的诗人
却已不能随你们而去。

他告别了流浪的行脚，
也暂忘了过去的欢乐，

他只想在舒适的乡村，

在家庭的寂静中生活。

1830 年

"野鹿"

灌木在喧响……一只野鹿
欢快地跑上了陡峭的山顶，
从悬崖顶上，它畏怯地
遥遥俯瞰着下面的树林，
它望着一片明媚的原野，
望着幽深的蔚蓝的天穹，
还有那德聂伯河的两岸
像戴着冠冕，密林丛生。
它静止地，颀长地站在那里，
把敏锐的耳朵微微掀动……

但它颤栗起来——它听到了
骤然的声响，便惊惧地
把它的长颈竖起，突然间
从山顶逃去……

1830 年

骠骑兵

他一面拿铁箅子刷马，
一面嘟囔着，很是恼怒：
"是恶鬼把我弄眼花啦，
到了这个该死的住处！

"这儿他们防你，就好像
防备土耳其人的射击，
好不容易端来点清汤，
白酒吗，简直提也别提！

"这儿老板把你看成了
豺狼虎豹；至于老板娘——
哼，正派也好，马鞭也好，
引她到门后那是别想。

"基辅才好！那儿多作兴！
汤团儿直往你嘴里溜，
酒呀——你给土币就供应，

还有年轻、标致的小妞!

"哎呀，只要黑眉毛美人
看你一眼，别怕把心给她。
独个个，独自个可不开心……"
"那怎么办呢? 军爷，说呀。"

他捻着自己的长髭须，
说道："这话不是捉你短，
小伙子，你也许不胆怯，
可是不开窍；咱见过世面。

"唔，你听哪：咱那一团来到
德聂伯驻扎；我的女老板
心地好，又长得挺俊俏，
她男人已经死了，你看!

"我跟她亲热上，成了家，
过得和睦，和别人相同，
打她呢——我的玛鲁新卡

连粗气儿也不哼一声。

"我喝醉了，她把床铺好，
还亲自拿酒给我解醉；
只要我使个眼色：喂，大嫂！——
她可听话呢，从不顶嘴。

"你看：还有什么可叫苦？
称心过吧，只要别寻衅；
可是不行：我想要吃醋，
怎么办？看来有野汉勾引。

"我琢磨开啦，她为什么
鸡叫前起身？谁在招她？
我的玛鲁新卡一步错，
魔鬼要带她去到哪儿？

"我可瞄上她啦。有一回，
我躺着，眯着眼装睡觉，
那一夜比地牢还漆黑，

院子里狂风呼呼地叫；

"我听见了：我的小亲家
从灶台悄悄地跳下来，
她轻轻把我探看一下，
就坐在炉边，把煤火吹开；

"又点起了细长的蜡烛，
她拿着蜡烛走向屋角，
把架上一个小瓶拿出，
就在炉前坐上了笤帚；

"她把全身都脱得精光，
又对小瓶子喝了三口，
突然间，她骑在笤帚上，
一飞旋进烟囱——就溜走。

"啊哈，我立刻恍然大悟，
我的亲家是异教女人！
别忙，亲爱的！我一骨碌

爬下热炕，看见那小瓶。

"闻了闻：酸的！什么烂货！
泼在地上：哈，出人意外！
铁条跳了，面盆也跳着，
都跳进炉洞。好不奇怪！

"我看见猫在凳下睡觉；
我把小瓶朝它浇了浇——
它呼呼睡。我哄它：快跑！……
它也跟着面盆飞去了。

"好吧，我不管碰上什么，
把瓶水滴洒在每一处；
什么壶、罐、凳子和木桌，
走吧，走吧，都跳进烟囱。

"闹什么鬼呀！我横横心：
咱也试试吧！我一口气
喝干了瓶子；由你信不信——

我突然像鹅毛飞上去。

"直往上飞啊，飞个不完，
我也不知道飞到哪里，
我只记得碰上星星喊：
靠右点！……以后就掉下地。

"我一看：是山。在那山头，
饭锅冒着气，有些人歌唱，
还呼啸，游戏，笑闹不休，
把青蛙给犹太佬戴上。

"我啐了一口，想要说话……
但突然跑来我的玛鲁莎：
'回去！冒失鬼，谁叫你来啦？
他们会吃你！'可我不怕：

"'回家？哼，见鬼去！我怎么
认得路呢？''啊，好不古怪！
这是通火棍，坐上去吧，

你这天杀的！快快跑开。'

"'什么?'让我坐上通火棍,
我，宣誓的骠骑兵，蠢东西!
你可是要我投降给敌人?
或是你身上有两张皮?

"'带马来!''好，傻瓜，给你马。'
果然，一匹马来到跟前,
它全身是火，蹄子直抓,
脖子像弓，尾巴像烟袋管。

"'坐上吧。'我就骑上马背,
找找马缰，可没有缰辔。
它忽然飞起，忽然飞回,
啊，咱又来到了炉火边。

"我一看，一切都没变动,
我还是两腿跨在马上,
哈，哪里是马，是旧板凳:

071

事情有时候就是这样。"

他捻着自己的长髭须，
说道："这话不是捉你短，
小伙子，你也许不胆怯，
可是不开窍：咱见过世面。"

1833 年

"在我的秋日的悠闲里"[1]

在我的秋日的悠闲里，
在我乐于写作的时期，
朋友，你们都劝告我，
把已遗忘的故事继续。
你们正确地指出说：
小说没有完，就中断了，
这够奇怪，甚至不礼貌，
可是却已经付印出笼；
你们说，我的主人公
无论如何应该结了婚，
至少使他一命告终；
至于书中其他的人
应该有个友好的安顿，
把他们引出那座迷宫。

你们对我说："谢谢天！
你的奥涅金还活着，
小说没有完——一点点

073

往下写吧；不要懒惰。

你有了诗名，顺其意旨，

收集它毁和誉的贡金——

写出城市的花花公子

和你的可爱的千金，

战争、舞会、宫廷、茅舍、

顶楼、斗室和后庭；

你还能从我们读者

得到一笔相当的酬金：

每本小书五个卢布——

确实，不算过重的担负。"

1835 年

注释：

1　普希金的友人（如普列特奥夫和茹科夫斯基）都曾劝他将《欧根·奥涅金》继续写下去，这首未完成的诗即其答复。

"纪念碑"

> 我树起一个纪念碑
>
> ——贺拉斯

我为自己树起了一座非金石的纪念碑,
它和人民款通的路径将不会荒芜,
啊,它高高举起了自己的不屈的头,
　　高过那纪念亚历山大的石柱[1]。

不,我不会完全死去——我的心灵将越出
我的骨灰,在庄严的琴上逃过腐烂;
我的名字会远扬,只要在这月光下的世界
　　哪怕仅仅有一个诗人流传。

我的名字将传遍了伟大的俄罗斯,
她的各族的语言都将把我呼唤:
骄傲的斯拉夫、芬兰,至今野蛮的通古斯,
　　还有卡尔梅克,草原的友伴。

我将被人民喜爱，他们会长久记着

我的诗歌所激起的善良的感情，

记着我在这冷酷的时代歌颂自由，

　　并且为倒下的人呼吁宽容[2]。

哦，诗神，继续听从上帝的意旨吧，

不必怕凌辱，也不要希求桂冠的报偿，

无论赞美或诽谤，都可以同样漠视，

　　和愚蠢的人们又何必较量。

1836 年

注释：

1　1834 年 11 月，当亚历山大一世的纪念柱在彼得堡皇宫广场上高高
竖起的时候，就在为此花岗岩大型圆柱的竖立而举行揭幕典礼的前几
天，伟大的人民诗人普希金悄悄地离开了彼得堡。1836 年 8 月 21 日，
离决斗身亡只有五个月零八天了，普希金挥笔写下了他的《纪念碑》。
诗人睥睨千古，傲视帝王，同情人民，景仰先烈，甚至夹着一丝不祥
的预感，凛然宣告："我为自己树立了一座非金石的纪念碑。"——编
者注
2　"倒下的人"暗示十二月党人。

奥涅金出入社交场[1]

全场在鼓掌。奥涅金进来
碰着人脚,从雅座穿着走,
他用高倍望远镜一排排
瞟着包厢中不相识的闺秀;
层层的楼厢无一不打量。
一切:女人的容颜、首饰、装束,
都使他感到可怕的失望,
这才和男人点头招呼;
和熟人寒暄已毕,他的视线
最后懒懒地落到舞台上。
接着扭转身,打了个呵欠,
喃喃说:"怎么还不换换花样?
我早就腻了芭蕾舞,我的天!
就是狄德娄也令人厌倦。"[2]

《欧根·奥涅金》第一章第二一节

注释：

1　标题为编者所加。——编者注

2　这种冷淡的情感足配得上恰尔德·哈罗德。狄德娄先生的芭蕾舞曲充满生动的想象和非凡的魅力。我们有一位浪漫作家从他的舞曲比从整个法国文学里找到更多的诗意。——普希金原注

达吉亚娜思念奥涅金[1]

达吉亚娜对着月亮凝视，

心神飞到了缥缈的远方……

突然，心里闪过一个意思……

"奶妈，我要笔和纸张，

把桌子挪近些，你就回屋，

我要待一会，然后再躺下，

晚安，奶妈。"于是，一人独处，

四周静悄悄，我的达吉亚娜

用肘支着身子，在月光下

一面写，一面想到奥涅金。

这封坦率的信，每句话

都流露着纯洁少女的爱情。

信写好了，也折好了……请问：

唉，姑娘，你要发给哪个人？

《欧根·奥涅金》第三章第二一节

注释：

1 标题为编者所加。——编者注

我宁愿仍旧是那个地方[1]

对于我，奥涅金，这种豪华，

这种可厌的生活的浮夸，

这富贵场中对我的推重，

这些晚会和这漂亮的家，

它们算得什么？这时，我宁愿

抛弃这场褴褛的化装表演，

这一切荣华、喧嚣和烟尘，

为了那一架书、那郊野的花园

和我们那乡间小小的住所，

我宁愿仍旧是那个地方：

奥涅金，我们在那里初次相见；

我愿意看到那荒凉的墓场：

那里，一个十字架，一片树荫

正在覆盖着我的奶娘……

《欧根·奥涅金》第八章第四六节

注释：

1　标题为编者所加。——编者注

080

丘特切夫

天鹅

休管苍鹰在怒云之上
迎着急驰的电闪奋飞，
或者抬起坚定的目光
去啜饮太阳的光辉；

你的命运比它更可羡慕，
洁白的天鹅！神灵正以
和你一样纯净的元素
围裹着你翱翔的翅翼。

它在两重深渊之间
抚慰着你无涯的梦想，——
一片澄碧而圣洁的天
给你洒着星空的荣光。

1820—1830 年

山中的清晨

一夜雷雨洗过的天空
漾着一片蔚蓝色的笑,
蜿蜒的山谷露华正浓,
像一条丝带灼灼闪耀。

云雾环绕着崇山峻岭,
却只弥漫到半山腰间;
仿佛于高空中倾圮着
那由魔法建成的宫殿。

1830 年

083

秋天的黄昏

秋天的黄昏另有一种明媚，
它的景色神秘、美妙而动人：
那斑斓的树木，不祥的光辉，
那紫红的枯叶，飒飒的声音，
还有薄雾和安详的天蓝
静静笼罩着凄苦的大地；
有时寒风卷来，落叶飞旋，
像预兆着风暴正在凝聚。
一切都衰弱，凋零；一切带着
一种凄凉的，温柔的笑容，
若是在人身上，我们会看作
神灵的心隐秘着的苦痛。

1830 年

"好似把一卷稿纸"

好似把一卷稿纸放在
热烬上，由冒烟而至烧毁，
那是一种隐秘的火焰
一字字地把全文变成灰；

同样，我的生命忧郁地
腐蚀着，每天化为烟飞去，
就在这难忍的单调中，
我将同样地渐渐燃熄！……

天哪！我多么希望把心中
这半死的火任情烧一次，
不再折磨，不再继续苦痛，
让我闪闪光——然后就死！

1830 年

沉默吧！

沉默吧，把你的一切情感
和梦想，都藏在自己心间，
就让它们在你的深心，
好似夜空中明亮的星星，
无言地升起，无言地降落，
你可以欣赏它们而沉默。

你的心怎能够吐诉一切？
你又怎能使别人理解？
他怎能知道你心灵的秘密？
说出的思想已经被歪曲。
不如挖掘你内在的源泉，
你可以啜饮它，默默无言。

要学会只在内心里生活——
在你的心里，另有一整个
深奥而美妙的情思世界；
外界的喧嚣只能把它湮灭，

白日的光只能把它冲散，——

听它的歌吧，——不必多言！……

1830 年

"在人类这株高大的树上"[1]

在人类这株高大的树上
你是那最碧绿的一叶，
受着最明净的阳光抚养，
充满了它的最纯的汁液！

对它伟大心灵的每一轻颤
你比谁都更能发出共鸣：
或则与欲来的雷雨会谈，
或则快乐地戏弄着轻风！

不等夏日的暴雨或秋风
把你吹落，你便自己飘下，
你的寿命适中，享尽了光荣，
好似从花冠上坠落的一朵花！

1832 年

注释：

1　本诗为纪念德国诗人歌德的死而作。

"在郁闷空气的寂静中"

在郁闷空气的寂静中，
好似雷雨的预兆，
玫瑰的香气更浓重，
蜻蜓的嗡嗡更响亮了……

听！在白色的云雾后
一串闷雷隆隆地滚动；
飞驰的电闪到处
穿绕着阴沉的天空……

好像这炎热的大气
饱和着过多的生命，
好像有神仙的饮料
在血里燃烧，麻木了神经！

少女啊，是什么激动着
你年轻的胸脯的云雾？
你眼里的湿润的闪光

089

为什么悲伤，为什么痛苦？

为什么你鲜艳的面颊
变白了，再也不见一片火？
为什么你的心胸窒压着，
你的嘴唇这么赤热？……

穿过丝绒般的睫毛
噗地落下来两滴……
或许就这样开始了
一直酝酿着的雷雨？……

1836 年

"我的心愿意做一颗星"

我的心愿意做一颗星，
但不要在午夜的天际
闪烁着，像睁着的眼睛，
郁郁望着沉睡的大地，——

而要在白天，尽管被
太阳的光焰逼得朦胧，
实则它更饱含着光辉，
像神仙一样，隐在碧霄中。

1836 年

091

一八三七年一月二十九日[1]

是谁的手射出致命的一弹
把诗人的高贵的心击中？
是谁把这天庭的金觥
摧毁了，好似易碎的杯盏？
让世俗的法理去判断吧，
不管说他是有罪，是无辜，
那天庭的手将永远把他
烙为"刺杀王者"的凶徒。

诗人啊，过早落下的夜幕
将你在尘世的生命夺去，
然而，你的灵魂得享安息，
在一个光明的国度！……
不管世人怎样流言诽谤，
你的一生伟大而神圣！……
你是众神的风琴，却不乏
热炽的血在血管里……沸腾。

你就以这高贵的血浆

解除了荣誉的饥渴——

你静静地安息了，盖着

民众悲痛的大旗在身上。

让至高者评判你的憎恨吧，

你流的血会在他耳边激荡；

但俄罗斯的心将把你

当作她的初恋，永难相忘！……

1837 年

注释：

1　这一天是普希金决斗被杀的日子。

波浪和思想

思想追随着思想，波浪逐着波浪，——
这是同一元素形成的两种现象：
无论是闭塞在狭小的心胸里，
或是在无边的海上自由无羁，
它们都是永恒的水花反复翻腾，
也总是令人忧虑的空洞的幻影。

1851 年

最后的爱情

啊，在我们迟暮残年的时候，
我们会爱得多痴迷，多温柔……
行将告别的光辉，亮吧！亮吧！
你最后的爱情，黄昏的彩霞！

夜影已遮暗了大半个天空，
只有在西方，还有余晖浮动；
稍待吧，稍待吧，黄昏的时光，
停一下，停一下，迷人的光芒！

尽管血管里的血快要枯干，
然而内心的柔情没有稍减……
哦，最后的爱情啊！你的激荡
竟如此幸福，而又如此绝望！

1852—1854 年

"我的心没有一天不痛苦"

我的心没有一天不痛苦,
往事的回忆尽把它煎熬;
唉,语言又怎能把心事表述!
它只有一天天地萎缩,枯凋。

这好似怀着火热的渴望,
一个天天想念故乡的人
忽然听到了大海的波浪
已使他的乡里永远沉沦。

1865 年

布莱克

咏春

哦，披着露湿的鬘发，你探首
露出早晨的明窗，往下凝视，
把你天使的目光投向我们吧，
这西方的岛屿在欢呼你，春天！

山峰正相互传告你的来临，
河谷在聆听；我们渴盼的眼睛
都仰望你明媚的天幕：出来呀，
让你的步履踏上我们的土地！

走过东方的山峦，让我们的风
吻着你的香衣；让我们尝到
你的晨昏的呼吸；把你的珠玉
铺撒在这苦恋着你的土地。

哦，用你的柔指把她装扮起来；
轻轻吻着她的胸脯，把金冠
戴上她软垂的头，因为呵，
她处女的发辫已为你而束起！

咏夏

你有力地驰过我们的河谷，
哦，夏天！请勒住你烈性的马，
别让它们喷出太热的鼻息！
你本来常常在这儿支起金幕，
在橡树下歇睡，使我们欣喜地
看到你赤红的肢体，茂盛的发。

当日午驾着火辇驶过天空，
我们在浓荫下常可以听到
你的声音。坐在流水的旁边吧；
在我们葱翠的谷里，把你的
丝衫投在河岸，跳到碧波里！
我们的河谷太爱盛装的夏天。

我们的歌手以银弦驰名远近，
我们的青年谈情赛过南方人，
我们的姑娘舞起来也最美。

是的，我们不乏歌，也不乏乐器，
有优美的回音，有澄澈的流水，
炎热的时候也有月桂花环。

咏秋

秋呵，你满载果实，又深染着
葡萄的血；不要走吧，请坐在
我的檐下；你可以歇在那儿，
用愉快的调子配合我的芦笛。
一年的女儿们都要舞蹈了！
请唱出果实与花的丰满的歌。

"瘦小的花苞对太阳展示出
她的美，爱情在她的血里周流；
锦簇的花挂在清晨的额前，
直垂到娴静的黄昏的红颊上；
于是稠密的夏季发出歌声，
羽毛的云彩在她头上撒着花。

"等大气的精灵住在果实的
香味上，欢乐就轻轻展开翅膀
在园中回荡，或落在树梢唱歌。"

愉快的秋坐下，对我这样唱着；
接着他起身，束紧腰带，便隐没
在荒山后，却抛下金色的负载。

咏冬

冬呵！闩上你所有铁石的门：
北方才是你的；你在那里筑有
幽暗而深藏的住所。别摇动
你的屋顶吧，别放出你的铁车。

但他不理我，却从无底的深渊
驾车而来；他的风暴原锁在
钢筋上，出笼了；我不敢抬眼，
因为他在全世界掌握了权柄。

你看这恶魔！他的皮紧包着
强大的骨骼，把山石踩得呻吟；
他使一切悄然萎缩，他的手
剥光大地，冻僵了脆弱的生命。

他坐在峭壁上：水手枉然呼喊。
可怜的人呵，必须和风暴挣扎！
等着吧，天空微笑时，这恶魔
就被逐回洞中，回到赫克拉山下。

103

拜伦

想从前我们俩分手

想从前我们俩分手，
　　默默无言地流着泪，
预感到多年的隔离，
　　我们忍不住心碎；
你的脸冰凉，发白，
　　你的吻更似冷冰，
呵，那一刻正预兆了
　　我今日的悲痛。

清早凝结着寒露，
　　冷彻了我的额角，
那种感觉仿佛是
　　对我此刻的警告。
你的誓言全破碎了，
　　你的行为如此轻浮：
人家提起你的名字，
　　我听了也感到羞辱。

他们当着我讲到你，

一声声有如丧钟；
我的全身一阵颤栗——
　　为什么对你如此情重？
没有人知道我熟识你，
　　呵，熟识得太过了——
我将长久、长久地悔恨，
　　这深处难以为外人道。

你我秘密地相会，
　　我又默默地悲伤，
你竟然把我欺骗，
　　你的心终于遗忘。
如果很多年以后，
　　我们又偶然会面，
我将要怎样招呼你？
　　只有含着泪，默默无言。

1808 年

她走在美的光彩中

一

她走在美的光彩中，像夜晚

　　皎洁无云而且繁星满天；

明与暗的最美妙的色泽

　　在她的仪容和秋波里呈现：

耀目的白天只嫌光太强，

　　它比那光亮柔和而幽暗。

二

增加或减少一分明与暗

　　就会损害这难言的美，

美波动在她乌黑的发上，

　　或者散布淡淡的光辉

在那脸庞，恬静的思绪

　　指明它的来处纯洁而珍贵。

三

呵，那额际，那鲜艳的面颊，

如此温和，平静，而又脉脉含情，
那迷人的微笑，那容颜的光彩，
　　都在说明一个善良的生命：
她的头脑安于世间的一切，
　　她的心充溢着真纯的爱情！

在巴比伦的河边我们坐下来哭泣

一

在巴比伦的河边我们坐下来

　　悲痛地哭泣，我们想到那一天
我们的敌人如何在屠杀叫喊中，

　　焚毁了撒冷的高耸的神殿；
而你们，呵，她凄凉的女儿！

　　你们都号哭着四处逃散。

二

当我们忧郁地坐在河边

　　看着脚下的河水自由地奔流，
他们命令我们歌唱；呵，绝不！

　　我们绝不在这事情上低头！
宁可让这只右手永远枯瘦，

　　但我们的圣琴绝不为异族弹奏！

三

我把那竖琴悬挂在柳梢头，

噢，撒冷！它的歌声该是自由的；
想到你的光荣丧尽的那一刻，
　　却把你的这遗物留在我手里：
呵，我绝不使它优美的音调
　　和暴虐者的声音混在一起！

拿破仑的告别

（译自法文）[1]

一

别了，这片土地。在这里，我的荣誉的暗影
跃升起来并且以她的名字笼罩着世界——
如今她遗弃了我，但无论如何，我的声名
却填满她最光辉或最龌龊的故事的一页。
我曾经和一个世界争战，我所以被制伏
只因为太迢遥的胜利的流星引诱了我；
我曾经力敌万邦；因此，尽管我如此孤独
还是被畏惧，这百万大军的最后一个俘虏。

二

别了，法兰西！当你的王冠加于我的时刻，
我曾经使你成为世界的明珠和奇迹；
然而你的羸疾使我罢手，终于看你落得
仍如我初见的那般：国光失色，身价扫地。
呵，想一想那些久经战斗的雄心枉然
和风暴搏击，他们也一度胜利在战场；

那时呵，那巨鹰，它的目光已盲无所见，
却还在高傲地飞翔，凝望着胜利的太阳！

三

别了，法兰西！然而，如果自由再次跃升，
在你的土地上重整旗鼓，那时记着我。
在你幽深的山谷中，紫罗兰仍旧在滋生；
尽管干枯了，你的泪水会使它绽开花朵。
而且，而且我还会挫败百万大军的包围；
也许听见我的声音，你的心又一跃而醒——
尽管锁链缚住了我们，但有些环必能打碎，
那时候呵，转回头来：召唤你拥戴的首领！

1815 年 7 月 25 日

注释：

1　这首诗伪托"译自法文"，实系拜伦的创作。

113

乐章

没有一个美的女儿
富于魅力，像你那样；
对于我，你甜蜜的声音
有如音乐漂浮水上：
仿佛那声音扣住了
沉醉的海洋，使它暂停，
波浪在静止和眨眼，
和煦的风也像在做梦。

午夜的月光在编织
海波上明亮的锁链；
海的胸膛轻轻起伏，
恰似一个婴儿安眠：
我的心灵也正是这样
倾身向往，对你聆听；
就像夏季海洋的浪潮
充满了温柔的感情。

1816 年 3 月 28 日

致托玛斯·摩尔[1]

一

我的小船靠在岸边，
　　那只大船停在海上，
在我行前，托姆·摩尔呵，[2]
　　我祝饮你加倍健康！

二

爱我的，我致以叹息，
　　恨我的，我报以微笑，
无论头上是怎样的天空，
　　我准备承受任何风暴。

三

尽管海洋在身边狂啸，
　　它仍旧会漂浮我前行；
尽管四周全是沙漠，
　　也仍旧有水泉可寻。

115

四

即使只剩下最后一滴水，

　　当我在井边干渴、喘息，

在我晕倒以前，我仍要

　　为你的健康饮那一滴。

五

有如现在的这一杯酒，

　　那滴水的祝词也一样：

祝你和我的灵魂安谧，

　　托姆·摩尔呵，祝你健康！

1817 年 7 月

注释：

1　托玛斯·摩尔（1779—1852），爱尔兰诗人，拜伦的好友。本诗是拜伦为最后离开英国而写的，虽然写的时间在一年多以后。

2　托姆（Tom）是托玛斯（Thomas）的昵称。

警句

      这个世界是一捆干草，

          人类是驴子，拖着它走，

      每人拖的法子都不同，

          最蠢笨的就是约翰牛[1]。

注释：

1   "约翰牛"是英国的绰号。

117

约翰·济慈[1]

谁杀死了约翰·济慈?
　　"是我,"《季刊》说,
这么野蛮,这么放肆,
　　"这是我的杰作。"

谁射出了这一毒箭?
　　"密尔曼,教士兼诗客"
(杀人竟如此不眨眼),
　　也许是骚塞或巴罗。

1821 年 7 月

注释:

1　约翰·济慈(1795—1821),英国诗人。他的作品受到恶意的抨击,
这加重了他的肺病,终于不治而逝。

孤独

坐在山岩上，对着河水和沼泽冥想，
或者缓缓地寻觅树林荫蔽的景色，
走进那从没有脚步踏过的地方
和人的领域以外的万物共同生活，
或者攀登绝路的、幽独奥秘的峰峦，
和那荒野中、无人圈养的禽兽一起，
独自倚在悬崖上，看瀑布的飞溅——
这不算孤独；这不过是和自然的美丽
展开会谈，这是打开她的富藏浏览。

然而，如果是在人群、喧嚣，和杂沓中，
去听、去看、去感受，一心获取财富，
成了一个疲倦的游民，茫然随世浮沉，
没有人祝福我们，也没有谁可以祝福，[1]
到处是不可共患难的、荣华的奴仆！
人们尽在阿谀，追随，钻营和求告，
虽然在知觉上和我们也是同族，
如果我们死了，却不会稍敛一下笑：
这才是举目无亲；呵，这个，这才是孤独！

《恰尔德·哈洛尔德游记》第二章，第二五一二六节

119

注释：

1　没有人祝福我们，因为我们若是在忧患中，富贵的人会避开我们；若是我们荣华富贵，那些追随我们的人必然是因为我们的成功而追随，却不是出于对我们的情谊。他们不会祝福我们，我们也不会祝福他们。——E.H.柯勒律治注

亲人的丧失

等待老年的最大的伤痛是什么?
是什么把额上的皱纹烙得最深?
那是看着每个亲人从生命册中抹掉,
像我现在这样,在世间茕茕独存。
呵,让我在"惩罚者"之前低低垂下头,
为被分开的心,为已毁的希望默哀;
流逝吧,虚妄的岁月!你尽可不再忧愁,
因为时间已带走了一切我心之所爱,
并且以暮年的灾厄腐蚀了我以往的年代。

《恰尔德·哈洛尔德游记》第二章第九八节

121

自然的慰藉

在高山耸立的地方必有他的知音，
在海涛滚滚的地方，那就是他的家乡，
只要有蔚蓝的天空和明媚的风暴，
他就喜欢，他就有精力在那地方游荡；
沙漠，树林，幽深的岩洞，浪花的雾，
对于他都含蕴一种情谊；它们讲着
和他互通的言语，那比他本土的著述
还更平易明白，他就常常抛开卷册
而去打开为阳光映照在湖上的自然的书。

有如一个迦勒底人，他能观望着星象，
直到他看到那上面聚居着像星星
一样灿烂的生命；他会完全遗忘
人类的弱点，世俗，和世俗的纷争：
呵，假如他的精神能永远那么飞升，
他会快乐；但这肉体的泥坯会扑灭
它不朽的火花，嫉妒它所升抵的光明，
仿佛竟要割断这唯一的环节：
是它把我们联到那向我们招手的天庭。

然而在人居的地方，他却成了不宁
而憔悴的怪物，他怠倦，没有言笑，
他沮丧得像一只割断翅膀的野鹰，
只有在漫无涯际的太空才能逍遥；
以后他又会一阵发狂，抑不住感情，
有如被关闭的小鸟要急躁地冲击，
嘴和胸脯不断去撞击那铁丝的牢笼，
终于全身羽毛都染满血，同样地，
他那被阻的灵魂的情热噬咬着他的心胸。

《恰尔德·哈洛尔德游记》第三章，第一三——一五节

我没有爱过这世界

我没有爱过这世界，它对我也一样；
我没有阿谀过它腐臭的呼吸，也不曾
忍从地屈膝，膜拜它的各种偶像；
我没有在脸上堆着笑，更没有高声
叫嚷着，崇拜一种回音；纷纭的世人
不能把我看作他们一伙；我站在人群中
却不属于他们；也没有把头脑放进
那并非而又算作他们的思想的尸衣中，
一齐列队行进，因此才被压抑而致温顺。

我没有爱过这世界，它对我也一样——
但是，尽管彼此敌视，让我们方方便便
分手吧；虽然我自己不曾看到，在这世上
我相信或许有不骗人的希望，真实的语言，
也许还有些美德，它们的确怀有仁心，
并不给失败的人安排陷阱；我还这样想：
当人们伤心的时候，有些人真的在伤心，
有那么一两个，几乎就是所表现的那样——
我还认为：善不只是空话，幸福并不只是梦想。

《恰尔德·哈洛尔德游记》第三章，第一一三—一四节

124

意大利的一个灿烂的黄昏

月亮升起来了，但还不是夜晚，
落日和月亮平分天空，霞光之海
沿着蓝色的弗留利群峰的高巅
往四下迸流，天空没一片云彩，
但好像交织着各种不同的色调，
融为西方的一条巨大的彩虹——
西下的白天就在那里接连了
逝去的亘古；而对面，月中的山峰
浮游于蔚蓝的太空——神仙的海岛！

只有一颗孤星伴着狄安娜[1]，统治了
这半壁恬静的天空，但在那边
日光之海仍旧灿烂，它的波涛
仍旧在遥远的瑞申山顶上滚转：
日和夜在互相争夺，直到大自然
恢复应有的秩序；加暗的布伦泰河
轻柔地流着，日和夜已给它深染
初开放的玫瑰花的芬芳的紫色，
这色彩顺水而流，就像在镜面上闪烁。

125

河面上充满了从迢遥的天庭

降临的容光；水波上的各种色泽

从斑斓的落日以至上升的明星

都将它们奇幻的异彩散发、融合：

呵，现在变色了；冉冉的阴影飘过，

把它的帷幕挂上山峦；临别的白天

仿佛是垂死的、不断喘息的海豚，

每一阵剧痛都使它的颜色改变，

最后却最美；终于——完了，一切没入灰色。

《恰尔德·哈洛尔德游记》第四章，第二七一二九节

注释：

1　狄安娜，月之女神。

罗马

哦，罗马！我的祖国！人的灵魂的都城！
凡是心灵的孤儿必然要来投奔你，
你逝去的帝国的凄凉的母亲！于是能
在他狭窄的胸中按下渺小的忧郁。
我们的悲伤和痛苦算得了什么？来吧，
看看这柏树，听听这枭鸣，独自徘徊
在残破的王座和宫宇的阶梯上，呵呀！
你们的烦恼不过是瞬息的悲哀——
脆弱如人的泥坯，一个世界已在你脚下掩埋。

万邦的尼俄伯[1]！哦，她站在废墟中，
失掉了王冠，没有儿女，默默地悲伤；
她干瘪的手拿着一只空的尸灰甄，
那神圣的灰尘早已随着风儿飘扬；
西庇阿[2]的墓穴里现在还留下什么？
还有那许多屹立的石墓，也已没有
英雄们在里面居住：呵，古老的台伯河！
你可要在大理石的荒原中奔流？
扬起你黄色的波涛吧，覆盖起她的哀愁。

127

哥特人，基督徒，时间，战争，洪水和火，

都摧残过这七峰拱卫的城的骄容；

她眼看着她的荣光一星星地隐没，

眼看着野蛮人的君主骑马走上山峰，

而那儿战车曾驰向神殿；庙宇和楼阁

到处倾圮了，没有一处能够幸存；

莽莽的荒墟呵！谁来凭吊这空廓——

把一线月光投上这悠久的遗痕，

说"这儿曾是——"使黑夜显得加倍地深沉？

呵，这加倍的夜，世纪和她的沉没，

以及"愚昧"，夜的女儿，一处又一处

围绕着我们；我们寻胜只不断弄错；

海洋有它的航线，星斗有天文图，

"知识"把这一切都摊在她的胸怀；

但罗马却像一片荒漠，我们跌跌绊绊

在芜杂的记忆上行进；有时拍一拍

我们的手，欢呼道："有了！"但很明显，

那只是海市蜃楼在近处的废墟呈现。

去了，去了！崇高的城！而今你安在？

还有那三百次的胜利！还有那一天

布鲁图³以他的匕首的锋利明快

比征服者的剑更使名声远远流传！

去了，塔利的声音，维吉尔的诗歌

和李维的史图册！但这些将永远

使罗马复活，此外一切都已凋落。

唉，悲乎大地！因为我们再也看不见

当罗马自由之时她的目光的灿烂！

《恰尔德·哈洛尔德游记》第四章，第七八—八二节

注释：

1　据希腊神话，尼俄伯有六子六女，因此自傲而惹怒日神阿波罗和月
神阿耳忒弥斯之母拉托娜。日神射杀了尼俄伯的六子，月神射杀了她
的六女。尼俄伯被变为岩石；但从岩石滴落的水表示她仍在为儿女悲
恸。这里将罗马比作尼俄伯。

2　西庇阿是罗马的英雄，在公元前202年击败罗马的强大敌人汉尼拔。

3　布鲁图（约前85—前42），古罗马政治家。内战期间追随庞贝反对
恺撒。公元前44年，与卡西乌等刺死独裁者恺撒，以图拯救罗马的共
和政体。

荒墟

哦，时间！你美化了逝去的情景，

你装饰了荒墟，唯有你能医治

和抚慰我们负伤流血的心灵，——

时间！你能纠正我们错误的认识，

你考验真理，爱情——是唯一的哲人，

其余的都是诡辩家，因为只有你

寡于言谈，你的所言虽迟缓、却中肯——

时间呵，复仇的大神！我向你举起

我的手、眼睛和心，我向你请求一件赠礼：

在这片荒墟中，有一座祭坛和庙宇

被你摧毁得最惨，更庄严而凄清，

在你壮丽的祭品中，这是我短短的

岁月的荒墟（这充满悲欢的生命）：

呵，在这一生，如果我竟然洋洋自得，

别理我吧；但如果我淡然迎受

好运，而是对那制伏不了我的邪恶

保持骄傲，那就不要让我的心头

白负上这块铁——难道他们[1]不该吃苦头？

《恰尔德·哈洛尔德游记》第四章，第一三〇——三一节

注释:

1　指拜伦的诽谤者。

一个毕生从事开炮和冲锋的人[1]

你"杰出的刽子手呵"——但别吃惊，
　　这是莎翁的话[2]，用得恰如其分，
战争本来就是砍头和割气管，
　　除非它的事业有正义来批准。
假如你确曾演过仁德的角色，
　　世人而非世人的主子将会评定；
我倒很想知道谁能从滑铁卢
得到好处，除了你和你的恩主？

我不会恭维，你已饱尝了阿谀，
　　据说你很爱听——这倒并不稀奇。
一个毕生从事开炮和冲锋的人，
　　也许终于对轰隆之声有些厌腻；
既然你爱甜言蜜语多于讽刺，
　　人们也就奉上一些颠倒的赞誉：
"各族的救星"呀[3]——其实远未得救，
"欧洲的解放者"[4]呀——使她更不自由。

《唐璜》第九章第四、五两节

注释:

1 争取自由——个人的和民族的自由——正是贯穿《唐璜》全诗的主要精神。由于惠灵顿侥幸打败了拿破仑,英国和全欧洲的保守反动势力纷纷向他歌功颂德,把他当作最伟大的偶像来崇拜,而拜伦却在《唐璜》里替他描绘了这样一副嘴脸。这一问一答的最后两行是何等地一针见血!——编者注

2 "杰出的刽子手呵",引自莎士比亚悲剧《麦克白》三幕四景。

3 "各族的救星"等赞辞都引自当时英国议院中的演说。

4 见滑铁卢战役后议会的演说。——拜伦原注

哀希腊

一

希腊群岛呵，美丽的希腊群岛！

　　火热的莎弗[1]在这里唱过恋歌；

在这里，战争与和平的艺术并兴，

　　狄洛斯[2]崛起，阿波罗跃出海波！

永恒的夏天还把海岛镀成金，

可是除了太阳，一切已经消沉。

二

开奥的缪斯[3]，蒂奥的缪斯[4]，

　　那英雄的竖琴，恋人的琵琶，

原在你的岸上博得了声誉，

　　而今在这发源地反倒喑哑；

呵，那歌声已远远向西流传，

远超过你祖先的"海岛乐园"。

三

起伏的山峦望着马拉松[5]——

　　马拉松望着茫茫的海波；

我独自在那里冥想一刻钟，
　　梦想希腊仍旧自由而快乐；
因为，当我在波斯墓上站立，
我不能想象自己是个奴隶。

四

一个国王高高坐在石山顶，
　　瞭望着萨拉密[6]挺立于海外；
千万只船舶在山下靠停，
　　还有多少队伍全由他统率！
他在天亮时把他们数了数，
但日落的时候他们都在何处？

五

呵，他们而今安在？还有你呢，
　　我的祖国？在无声的土地上，
英雄的颂歌如今已沉寂——
　　那英雄的心也不再激荡！
难道你一向庄严的竖琴
竟至沦落到我的手里弹弄？

穆旦译作选

六

也好，置身在奴隶民族里，[7]

尽管荣誉都已在沦丧中，

至少，一个爱国志士的忧思，

还使我在作歌时感到脸红；

因为，诗人在这儿有什么能为？

为希腊人含羞，对希腊国落泪。

七

我们难道只对好时光悲哭

和惭愧？——我们的祖先却流血。

大地呵！把斯巴达人的遗骨

从你的怀抱里送回来一些！

哪怕给我们三百勇士的三个，

让德摩比利的决死战复活！

八

怎么，还是无声？一切都暗哑？

不是的！你听那古代的英魂

正像远方的瀑布一样喧哗，

他们回答："只要有一个活人

登高一呼，我们就来，就来！"

136

噫！倒只是活人不理不睬。

九

算了，算了；试试别的调门：
　　斟满一杯萨摩斯[8]的美酒！
把战争留给土耳其野人，
　　让开奥的葡萄的血汁倾流！
听呵，每一个酒鬼多么踊跃
响应这一个不荣誉的号召！

十

你们还保有庇瑞克的舞艺[9]，
　　但庇瑞克的方阵[10]哪里去了？
这是两课：为什么只记其一，
　　而把高尚而刚强的一课忘掉？
凯德谟斯[11]给你们造了字体——
难道他是为了传授给奴隶？

十一

把萨摩斯的美酒斟满一盅！
　　让我们且抛开这样的话题！
这美酒曾使阿那克瑞翁

137

发为神圣的歌；是的，他屈于
波里克瑞底斯[12]，一个暴君，
但这暴君至少是我们国人。

十二

克索尼萨斯[13]的一个暴君
　　是自由的最忠勇的朋友：
暴君米太亚得[14]留名至今！
　　呵，但愿现在我们能够有
一个暴君和他一样精明，
他会团结我们不受人欺凌！

十三

把萨摩斯的美酒斟满一盅！
　　在苏里的山岩，巴加[15]的岸上，
住着一族人的勇敢的子孙，
　　不愧是斯巴达的母亲所养；
在那里，也许种子已经播散，
是赫剌克勒斯[16]血统的真传。

十四

自由的事业别依靠西方人，[17]

他们有一个做买卖的国王；
本土的利剑，本土的士兵，
　　是冲锋陷阵的唯一希望；
但土耳其武力，拉丁[18]的欺骗，
会里应外合把你们的盾打穿。

十五

把萨摩斯的美酒斟满一盅！
　　树荫下正舞蹈着我们的姑娘——
我看见她们的黑眼亮晶晶，
　　但是，望着每个鲜艳的姑娘，
我的眼就为火热的泪所迷，
这乳房难道也要哺育奴隶？

十六

让我攀登苏尼阿[19]的悬崖，
　　在那里，将只有我和那海浪
可以听见彼此飘送着悄悄话，
　　让我像天鹅一样歌尽而亡；
我不要奴隶的国度属于我——
干脆把那萨摩斯酒杯打破！

《唐璜》第三章

139

注释：

1 莎弗，公元前 7 世纪的希腊女诗人。她歌唱爱情的诗以热烈的感情著称。

2 狄洛斯，爱琴海中的一个小岛，有一群小岛环绕其周围。据希腊神话，它是由海神自海中唤出的，由于漂浮不定，宙斯以铁链钉之于海底。传说掌管诗歌与音乐的太阳神阿波罗诞生于此。

3 据传说，开奥为荷马的诞生地，开奥的缪斯指荷马。"英雄的竖琴"指荷马史诗，因其中歌颂了战争和英雄。

4 蒂奥的缪斯指公元前 6 世纪的爱奥尼亚诗人阿那克瑞翁。蒂奥（在小亚细亚）是他的诞生地。"恋人的琵琶"指他的以爱情与美酒为主题的抒情诗。

5 马拉松，雅典东部平原。公元前 490 年，希腊在此击败波斯国王大流士的入侵大军。

6 萨拉密，希腊半岛附近的岛屿。公元前 480 年，波斯国王瑟克西斯（前 519？—前 465）的强大海军在此处被希腊击败，从此希腊解除了波斯的压迫。当时，瑟克西斯坐在山上俯视这场海战。

7 希腊在 1453 年至 1829 年期间，沦为土耳其的属地。拜伦为争取希腊的民族独立而最终献身于这一事业。他捐献家产组成一支希腊军队，并亲赴希腊参战，1824 年以患热病死于米索隆吉（在希腊西部）军中。

8 萨摩斯，希腊一岛，靠近土耳其。

9 庇瑞克舞，古希腊流传下来的战舞。

10 庇瑞克方阵，古希腊的战斗序列。由于伊庇鲁斯（希腊一古国）王皮洛士（前 319—前 272）而得名。皮洛士以战功著称，曾屡次远征罗马及西西里。

11 凯德谟斯，神话中的希腊底比斯国王，原为腓尼基王子，据说他从腓尼基带给希腊十六个字母。

12 波里克瑞底斯，公元前6世纪的萨摩斯暴君，以劫掠著称。他曾与波斯对抗。阿那克瑞翁于公元前510年波斯占领蒂奥时，曾移居于萨摩斯，在波里克瑞底斯的治下生活。

13 克索尼萨斯，地名，在达达尼尔海峡北边。

14 米太亚得（前550—前489），古雅典统帅。公元前490年指挥马拉松战役，大败波斯侵略军。以后成为克索尼萨斯的暴君。

15 苏里和巴加，都在古希腊地区伊庇鲁斯（今希腊西北部和阿尔巴尼亚南部）内。苏里山中居住有苏里族，自17世纪至19世纪一直与土耳其统治者做着顽强的斗争。

16 赫剌克勒斯，希腊神话中的大力神，传说他是希腊对特洛伊战争中的英雄。

17 希腊人在武装反抗土耳其压迫时，英国、法国和俄国由于自身利益曾予以口头支持。当时曾有人对起义者提出警告："我劝你们在听从英国人以前要好好考虑一下，现在英国国王是欧洲所有国王的大老板——他从他的商人那里拿钱来支付他们；因此，如果对商人来说，出卖你们而取得和阿里（指土耳其王——译者）的妥协是有利的，以便在他的港口获得某些商业权益，那么英国人就会把你们出卖给阿里。"拜伦此处也可能指俄国人，他的《青铜时代》有如下两句：

能解放希腊的只有希腊人，而非戴着和平面具的野蛮人。

18 拉丁，指西欧。

19 苏尼阿，在雅典东南阿的卡半岛最南端，上面建有保护神雅典娜神庙。

141

雪莱

夏日黄昏的墓园

——写于格劳斯特郡，里屈雷德

那淹没落日之余晖的雾气
已被晚风在辽阔的空际吹散；
黄昏正绕着白日疲倦的眼睛
把自己的金发越结越幽暗：
呵，寂静和昏黄，人都不喜爱，
已从那幽黑的谷中悄悄爬来。

它们向临别的白天念出魔咒，
感染了海洋、天空、星辰和大地；
万物的声、光和波动受到了
这魔力的支配，都显得更神秘。
风儿静止了，否则就是那枯草
在教堂尖顶上没感到风在飘。

连你也是一样，云彩！你的顶端
像火焰的金字塔从圣殿矗立，
你被那甜蜜的魔咒所制，便以

天空的华彩涂上你变模糊的
遥远的塔尖，它越来越萎缩，
在它四周，星空正凝聚着夜色。

死者正安眠在他们的石墓里，
并且慢慢腐蚀；从那蛆虫的床
发出了似有似无的一声轻颤，
在黑暗中，环绕着一切生命波荡；
那肃穆的音波逐渐变为朦胧，
没入了幽夜和寂静的天空。

呵，美化了的死亡，平静、庄严，
有如这静谧的夜，毫不可怖：
在这儿，像在墓园游戏的儿童，
我好奇地想到：死亡必是瞒住
甜蜜的故事不使人知道，不然
也必有最美的梦和它相伴。

1815 年 9 月

145

给华兹华斯¹

自然底歌者呵，你不禁哭泣，

　　因为你知道，万物去而不复回：

童年，少年，友情，初恋的欢喜，

　　都梦一般地逝去了，使你伤悲。

我和你有同感。但有一种不幸

　　你虽感到，却只有我为之慨叹。

你曾像一颗孤独的星，把光明

　　照到冬夜浪涛中脆弱的小船，

又好似石筑的避难的良港

屹立在盲目挣扎的人群之上；

在可敬的贫困中，你构制了

　　献与自由、献与真理的歌唱——

但你竟舍弃了它，我不禁哀悼

　　过去你如彼，而今天竟是这样。

1816 年发表

注释：

1 华兹华斯是英国 19 世纪初叶的浪漫主义诗人。早年向往革命，以后又舍弃了革命，雪莱在本诗中正是对他的这一转变表示"哀悼"和"惋惜"。

147

奥西曼德斯[1]

我遇见一个来自古国的旅客，

他说：有两只断落的巨大石腿

站在沙漠中……附近还半埋着

一块破碎的石雕的脸；他那皱眉，

那瘪唇，那威严中的轻蔑和冷漠，

在在表明雕刻家很懂得那迄今

还留在这岩石上的情欲和愿望，

虽然早死了刻绘的手，原型的心；

在那石座上，还有这样的铭记：

"我是奥西曼德斯，众王之王。

强悍者呵，谁能和我的业绩相比！"

这就是一切了，再也没有其他。

在这巨大的荒墟四周，无边无际，

只见一片荒凉而寂寥的平沙。

1817 年

注释：

1　奥西曼德斯，古埃及王，据称其墓在底比斯的拉米西陵中。

1819 年的英国

一个老而疯、昏庸、可鄙、快死的王，——
　　王侯们，那庸碌一族的渣滓，受着
公众的轻蔑——是污水捞出的泥浆——
　　是既不见、也无感、又无知的统治者，
只知吸住垂危的国家，和水蛭一样，
　　直到他们为血冲昏，不打便跌落，——
人民在荒废的田中挨饿，被杀戮，——
　　军队由于扼杀自由和抢劫，已经
成为两面锋刃的剑，对谁都不保护，——
　　漂亮而残忍的法律，是害人的陷阱；
宗教而无基督——一本闭紧的书；
议会，——把时间最坏的法令[1]还不废除，——
　　呵，就从这一片坟墓里，光辉的幻影[2]
　　或许跃出，把我们的风雨之日照明。

1819 年

149

注释：

1 指歧视天主教徒的法令。

2 指"自由"。

西风颂

一

哦，狂暴的西风，秋之生命的呼吸！

　你无形，但枯死的落叶被你横扫，

有如鬼魅碰上了巫师，纷纷逃避：

黄的，黑的，灰的，红得像患肺痨，

　呵，重染疫疠的一群：西风呵，是你

以车驾把有翼的种子催送到

黑暗的冬床上，它们就躺在那里，

　像是墓中的死尸，冰冷，深藏，低贱，

直等到春天，你碧空的姊妹吹起

她的喇叭，在沉睡的大地上响遍，

　（唤出嫩芽，像羊群一样，觅食空中）

将色和香充满了山峰和平原：

不羁的精灵呵，你无处不运行；

穆旦译作选

破坏者兼保护者：听吧，你且聆听！

二

没入你的急流，当高空一片混乱，

　　流云像大地的枯叶一样被撕扯

脱离天空和海洋的纠缠的枝干，

成为雨和电的使者：它们飘落

　　在你的磅礴之气的蔚蓝的波面，

有如狂女的飘扬的头发在闪烁，

从天穹最遥远而模糊的边沿

　　直抵九霄的中天，到处都在摇曳

欲来雷雨的鬈发。对濒死的一年

你唱出了葬歌，而这密集的黑夜

　　将成为它广大墓陵的一座圆顶，

里面正有你的万钧之力在凝结；

那是你的浑然之气，从它会迸涌

黑色的雨、冰雹和火焰：哦，你听！

三

是你，你将蓝色的地中海唤醒，

　　而它曾经昏睡了一整个夏天，

被澄澈水流的回旋催眠入梦，

就在巴亚海湾[1]的一个浮石岛边，

　　它梦见了古老的宫殿和楼阁

在水天映辉的波影里抖颤，

而且都生满青苔，开满花朵，

　　那芬芳真迷人欲醉！呵，为了给你

让一条路，大西洋的汹涌的浪波

把自己向两边劈开，而深在渊底

　　那海洋中的花草和泥污的树林

虽然枝叶扶疏，却没有精力；

听到你的声音，它们已吓得发青：

153

一边颤栗，一边自动萎缩：哦，你听！

四

唉，假如我是一片枯叶被你浮起，

　　假如我是能和你飞跑的云雾，

是一个波浪，和你的威力同喘息，

假如我分有你的脉搏，仅仅不如

　　你那么自由，哦，无法约束的生命！

假如我能像在少年时，凌风而舞

便成了你的伴侣，悠游于太空

　　（因为呵，那时候，要想追你上云霄，

似乎并非梦幻），我就不致像如今

这样焦躁地要和你争相祈祷。

　　哦，举起我吧，当我是水波、树叶、浮云！

我跌在生活底荆棘上，我流血了！

这被岁月的重轭所制伏的生命

原是和你一样的：骄傲、轻捷而不驯。

五

把我当作你的竖琴吧，有如树林：
　　尽管我的叶落了，那有什么关系！
你巨大的合奏所振起的乐音

将染有树林和我的深邃的秋意：
　　虽忧伤而甜蜜。呵，但愿你给予我
狂暴的精神！奋勇者呵，让我们合一！

请把我枯死的思想向世界吹落，
　　让它像枯叶一样促成新的生命！
哦，请听从这一篇符咒似的诗歌，

就把我的话语，像是灰烬和火星
　　从还未熄灭的炉火向人间播散！
让预言的喇叭通过我的嘴唇

把昏睡的大地唤醒吧！要是冬天

已经来了，西风呵，春日怎能遥远？

1819 年

注释：

1　在意大利那不勒斯附近，是古罗马的名胜，富豪者居留之地。

印度小夜曲

午夜初眠梦见了你，
我从这美梦里醒来，
风儿正悄悄地呼吸，
星星放射着光彩；
午夜初眠梦见了你，
呵，我起来，任凭脚步
（是什么精灵在作祟?）
把我带到你的门户。

飘游的乐曲昏迷在
幽暗而寂静的水上，
金香木的芬芳溶化了，
像梦中甜蜜的想象；
那夜莺已不再怨诉，
怨声死在她的心怀；
让我死在你的怀中吧，
因为你是这么可爱!

157

哦，把我从草上举起！
我完了！我昏迷，倒下！
让你的爱情化为吻
朝我的眼和嘴唇倾洒。
我的脸苍白而冰冷，
我的心跳得多急切；
哦，快把它压在你心上，
它终将在那儿碎裂。

1819 年

云

我给干渴的花朵从海河
　　带来新鲜的阵雨；
当树叶歇在日午的梦中，
　　我给予淡淡的阴翳。
从我的毛羽摇落的露珠
　　唤醒了百花的蓓蕾，
等大地母亲绕着太阳舞蹈，
　　它们又都摇摇欲睡。
我用冰雹当打谷禾的枷，
　　又把绿野染成白色，
以后就用雨水把它浸溶，
　　在雷声中笑着走过。

我把雪筛落到一片山岭，
　　老松都被压得呻吟；
这是我的白枕头，一整夜
　　我就睡在风暴的臂中。
庄严地，在我的空中楼阁

159

坐着电闪，我的向导；
而霹雷锁在下面的穴中，
　　不断地挣扎和嗥叫；
这向导轻轻地引我走过
　　陆地和海洋的上空，
他恋于紫色海底的精怪，
　　这恋情使得他游经
多少小河、巉岩、湖水、平原！
　　但无论他到哪里，
他所爱的精灵[1]仍旧留在
　　山峰之下，或水底；
蓝天的笑这时就照临我，
　　而他却溶解成为雨。[2]

赤红的旭日揉亮了眼睛，
　　又展开火焰的翅膀；
当晨星熄灭了，它就跳在
　　我飞行云雾的背上；
好像在地震山摇的时候，
　　峭壁上斜出一峰，

160

一只鹰鸳会暂刻歇落在
　它的金臂的光辉中。
当落日从明亮的海发出
　爱情与安息底情热，
而黄昏的紫红帷幕也从
　天宇的深处降落，
这时，我就卷翅歇在空中，
　静得像伏巢的白鸽。

那圆脸的少女，人们叫作
　月亮的，一身白火焰，
夜风吹拂时，她就掠过了
　我的羊毛般的地板；
只有天使听见她的脚步；
　有时，当她的脚踏裂
我的帐幕织得薄的地方，
　星星就偷窥着世界；
如果有风把帐篷更吹开，
　它们就像一窝蜜蜂
飞跑出来，我会笑看河水，

湖和海，各自铺上星辰
和月亮，就像从我的手里
　　漏下的那一角天空。

我以火带绕太阳的宝座，
　　我给月亮系上珠链，
当旋风展开了我的旗帜，
　　星星就失色，天昏地暗。
从海岬到海岬，我像座桥
　　在汹涌的海上支起，
又像是不透阳光的屋顶——
　　山峰作成它的柱石。
当雄浑的大气被我制服，
　　我就带着雪、火、巨风
一起穿过凯旋的拱门：
　　那正是我的百色弓，
天火在上编织它的彩色，
　　潮湿的地面在欢腾。

我是大地和水的女儿，

天空为我所抚育；

我流过海洋和陆地的孔穴，

　我变化，但不会死去。

因为呵，在雨后，天穹裸露，

　看不见一点斑痕，

而风和日光以凸的光线

　搭起蔚蓝的圆顶，

我就不禁对这墓穴暗笑；

　我会从岩洞腾起来，

像初生之子，像出墓之魂，

　我会把我的墓破坏。

1820 年

注释：

1　云底精灵，一说即指水气。

2　最后这两行，"我"显然指云底精灵，"他"指电闪和云底形骸。

穆旦译作选

给云雀

祝你长生，欢快的精灵！
　　谁说你是只飞禽？
你从天庭，或它的近处，
　　倾泻你整个的心，
无须琢磨，便发出丰盛的乐音。

你从大地一跃而起，
　　往上飞翔又飞翔，
有如一团火云，在蓝天
　　平展着你的翅膀，
你不歇地边唱边飞，边飞边唱。

下沉的夕阳放出了
　　金色电闪的光明，
就在那明亮的云间
　　你浮游而又飞行，
像不具形的欢乐，刚刚开始途程。

那淡紫色的黄昏

　　与你的翱翔融合，

好似在白日的天空中，

　　一颗明星沉没，

你虽不见，我却能听到你的欢乐：

清晰，锐利，有如那晨星

　　射出了银辉千条，

虽然在清澈的晨曦中

　　它那明光逐渐缩小，

直缩到看不见，却还能依稀感到。

整个大地和天空

　　都和你的歌共鸣，

有如在皎洁的夜晚，

　　从一片孤独的云，

月亮流出光华，光华溢满了天空。

我们不知道你是什么；

　　什么和你最相像？

165

从彩虹的云间滴雨，

　　那雨滴固然明亮，

但怎及得由你遗下的一片音响？

　　好像是一个诗人居于

　　　　思想底明光中，

　　他昂首而歌，使人世

　　　　由冷漠而至感动，

感于他所唱的希望、忧惧和赞颂；

　　好像是名门的少女

　　　　在高楼中独坐，

　　为了抒发缠绵的心情，

　　　　便在幽寂的一刻

以甜蜜的乐音充满她的绣阁；

　　好像是金色的萤火虫

　　　　在凝露的山谷里，

　　到处流散它轻盈的光

　　　　在花丛，在草地，

166

而花草却把它掩遮，毫不感激；

　　好像一朵玫瑰幽蔽在
　　　它自己的绿叶里，
　　阵阵的暖风前来凌犯，
　　　　而终于，它的香气
以过多的甜味使偷香者昏迷：

　　无论是春日的急雨
　　　向闪亮的草洒落，
或是雨敲得花儿苏醒，
　　　　凡是可以称得
鲜明而欢愉的乐音，怎及得你的歌？

　　鸟也好，精灵也好，说吧：
　　　什么是你的思绪？
　　我不曾听过对爱情
　　　或对酒的赞誉，
迸出像你这样神圣的一串狂喜。

无论是凯旋的歌声

　　还是婚礼的合唱，

　要是比起你的歌，就如

　　一片空洞的夸张，

呵，那里总感到有什么不如所望。

　是什么事物构成你的

　　快乐之歌的源泉？

　什么田野、波浪或山峰？

　　什么天空或平原？

是对同辈的爱？还是对痛苦无感？

　有你这种清新的欢快

　　谁还会感到怠倦？

　苦闷的阴影从不曾

　　挨近你的跟前；

你在爱，但不知爱情能毁于饱满。

　无论是安睡，或是清醒，

　　对死亡这件事情

你定然比人想象得

更为真实而深沉，

不然，你的歌怎能流得如此晶莹？

我们总是前瞻和后顾，

对不在的事物憧憬；

我们最真心的笑也洋溢着

某种痛苦，对于我们

最能倾诉衷情的才是最甜的歌声。

可是，假若我们摆脱了

憎恨、骄傲和恐惧；

假若我们生来原不会

流泪或者哭泣，

那我们又怎能感于你的欣喜？

呵，对于诗人，你的歌艺

胜过一切的谐音

所形成的格律，也胜过

书本所给的教训，

169

你是那么富有，你藐视大地的生灵！

　　只要把你熟知的欢欣

　　　教一半与我歌唱，

　　从我的唇边就会流出

　　　一种和谐的热狂，

那世人就将听我，像我听你一样。

1820 年

阿波罗礼赞

一

不眠的时刻，当我在睡眠，

　　从我眼前扇开了匆忙的梦；

又让镶星星的帷幕作帐帘，

　　好使月光别打扰我的眼睛，——

当晨曦，时刻底母亲，宣告夜梦

和月亮去了，时刻就把我摇醒。

二

于是我起来，登上碧蓝的天穹，

　　沿着山峦和海波开始漫行，

我的衣袍就抛在海的泡沫上；

　　我的步履给云彩铺上火，山洞

充满了我光辉的存在，而雾气

让开路，任我拥抱青绿的大地。

三

光线是我的箭，我用它射杀

那喜爱黑夜、害怕白日的"欺骗"，
凡是作恶或蓄意为恶的人

　　都逃避我；有了我辉煌的光线
善意和正直的行为就生气勃勃，
直到黑夜来统治，又把它们削弱。

四

我用大气的彩色喂养花朵、

　　彩虹和云雾；在那永恒的园亭，
月球和纯洁的星星都裹以

　　我的精气，仿佛是裹着衣裙；
天地间，无论是什么灯盏放明，
那光亮归于一，必是我的一部分。

五

每到正午，我站在天穹当中，

　　以后我就迈着不情愿的步履
往下走进大西洋的晚云中；

　　看我离开，云彩会皱眉和哭泣：
我要自西方的海岛给它安慰，

那时呵，谁能比我笑得更妩媚？

六

我是宇宙的眼睛，它凭着我

　　看到它自己，认出自己的神圣；

一切乐器或诗歌所发的和谐，

　　一切预言、一切医药、一切光明

（无论自然或艺术的）都属于我，

胜利和赞美，都该给予我的歌。

1820 年

秋：葬歌

一

太阳失去了温暖，风凄苦地哀号，

枯树在叹息，苍白的花儿死了，

　　　一年将竭，

躺在她临死的床上——大地，被枯叶

　　　纷纷围绕。

　　　来吧，出来吧，季节，

　　　从十一月到五月，

　　　穿上悲哀的服装

　　　给冰冷的一年送丧，

再像飘忽的幽灵守着她的墓场。

二

凄雨在飘飞，冷缩的幼虫在蠕动，

都为临死的一年：河水充盈，而雷声

　　　不断哀号；

快乐的燕子飞去了，蜥蜴也回到

　　　它们的洞中；

来吧，出来吧，季节，

让明媚的姊妹奏乐；

披上白、黑和黯灰，

把僵死的一年跟随，

为了使墓地青绿，再洒下滴滴的泪。

1820 年

咏月

  你苍白可是为了
倦于攀登天空，凝视大地，
  独自漫行得寂寥：
那星群都和你出身迥异——
因而你常变，像忧伤的眼睛
找不到目标值得它的忠诚?

1820 年

世间的流浪者

告诉我，星星，你的光明之翼
在你的火焰的飞行中高举，
要在黑夜的哪个岩洞里
　　　　你才折起翅膀？

告诉我，月亮，你苍白而疲弱，
在天庭的路途上流离漂泊，
你要在日或夜的哪个处所
　　　　才能得到安详？

疲倦的风呵，你漂流无定，
像是被世界驱逐的客人，
你可还有秘密的巢穴容身
　　　　在树或波涛上？

1820 年

177

长逝的时流

有如一个死去好友的鬼魂，
　　　　呵，长逝的时流。
是一段永远沉寂的乐音，
　　一片希望，去了不再回首，
　　如此甜蜜的爱情，但不持久，
　　　　　这是你，长逝的时流。

有过多少甜蜜的美梦，埋在
　　　　长逝的时流中；
不管那是忧愁还是欢快：
　　每天都向前投下一个幻影
　　使我们愿望它能够长存——
　　　　　在长逝的时流中。

有过悔恨，惋惜，甚至怨责，
　　　　怨责长逝的时流。
仿佛一个父亲凝视着
　　爱子的尸体，直到最后，

美，和记忆一样，漾在心头，

    漾自长逝的时流。

1820 年

时间

幽深的海呵！年代是你的浪波；

时间底海呵，充满深沉的悲伤，

你被眼泪的盐水弄得多咸涩！

你的波流浩荡无边，在你的水上

潮汐交替，那就是人生的界限！

你已倦于扑食，但仍在咆哮无餍，

把破碎的船吐在无情的岸沿；

你在平静时险诈，风涛起时可怕，

　　呵，谁敢航行一只小船，

　　在你幽深难测的洋面？

1821 年

180

给——

音乐，虽然消失了柔声，
却仍旧在记忆里颤动——
芬芳，虽然早谢了紫罗兰，
却留存在它所刺激的感官。

玫瑰叶子，虽然花儿死去，
还能在爱人的床头堆积；
同样的，等你去了，你的思想
和爱情，会依然睡在世上。

1821 年

济
慈

献诗[1]

——给李·汉特先生[2]

神奇和瑰丽都已消失、不见；

　　因为呵，当我们在清晨游荡，

　　我们不再看见一缕炉香

袅入东方，迎接微笑的白天；

不再有快乐的一群少女

　　妙曼地歌唱，手提着花篮，

　　把谷穗、玫瑰、石竹、紫罗兰，

携去装饰五月的花神祭。

不过，倒还有诗歌这种乐趣

　　遗留下来，点缀平凡的岁月；

我欣幸：在这时代，在林荫里

　　固然没有了牧神，我尚能感觉

葱茏的恬美，因为我还能以

　　这束贫乏的献礼，给你喜悦。

1817 年 3 月

注释：

1 这首献诗是印在济慈第一本诗集的首页上面的。

2 李·汉特（Leigh Hunt，1784—1859），英国作家及诗人，《探索者》杂志的主编。他初次发表了济慈的诗，并予以评论。济慈通过他而认识雪莱。他也是拜伦的友人。

"有多少诗人"

有多少诗人把闲暇镀成金！
　我的幻想总爱以诗章作为
　食品——它平凡或庄严的美
能使我默默沉思很多时辰；
平时，每当我坐下来吟咏，
　诗人就拥聚在我的脑海间，
　但并不引起芜杂的骚乱，
而是合唱出悦耳的歌声。
正如黄昏容纳的无数声音：
　树叶的低语，鸟儿的歌唱，
　水流的潺潺，由暮钟的振荡
所发的庄严之声，和千种
　缥缈得难以辨识的音响，
　它们构成绝唱，而不是喧腾。

1816 年 3 月

186

初读贾浦曼译荷马有感[1]

我游历了很多金色的国度，
　　看过不少好的城邦和王国，
　　还有多少西方的海岛，歌者
都已使它们向阿波罗臣服。
我常听到有一境域，广阔无垠，
　　智慧的荷马在那里称王，
　　我从未领略它的纯净、安详，
直到我听见贾浦曼的声音
无畏而高昂。于是，我的情感
　　有如观象家发见了新的星座，
或者像考蒂兹[2]，以鹰隼的眼
　　凝视着太平洋，而他的同伙
在惊讶的揣测中彼此观看，
　　尽站在达利安[3]高峰上，沉默。

1816 年 10 月

187

注释：

1　济慈不懂希腊文，这里表示他阅读贾浦曼（G. Chapman，1559—1634?）英译的荷马史诗时所感到的喜悦。据蒲伯说，贾浦曼的译文充满了"大胆而火热的精神"。

2　考蒂兹（H. Cortez，1485—1547），探险家及墨西哥的征服者。实则他不是第一个发现太平洋的欧洲人。

3　达利安（Darien），中美洲的海峡。

致查特顿¹

查特顿！优伤和苦难之子！
　　呵，你的命运是多么悲惨！
　　天才和崇高的争论徒然
在你眼里闪烁，过早的死
已使它幽暗！那华严的歌
　　这么快逝去了！夜这样逼近
　　你美丽的早晨。一阵寒风
使尚未盛开的小花凋落。
但这已成为过去：而今，你
　　住在星空，对着旋转的苍穹
美妙地歌唱，不再受制于
　　人心的忧惧和忘恩的人群。
在地面，好人正捍卫你的名字，
　　并且要以泪水把它滋润。

1814 年

189

注释：

1　查特顿（T.Chatterton，1752—1770），英国文学史上寿命最短的诗人。他捏造了很多英国古代的文件及著作，伪托若雷之名写了很多诗发表出来，并且写有歌剧上演。但终于因贫困不得意而服毒自杀，死时年仅十七岁。他的诗虽伪托古人之作，但颇见他自己的诗才，以后合订成集，出版多次。

再读"李耳王"之前有感

哦，金嗓子的传奇，幽静的琵琶！

美丽的鲛人！缥缈之境的仙后！

别在冬天鸣啭你诱人的歌喉，

合上你过时的书页，安静吧：

再见了！我得再一次挣扎过

高昂的人性与永劫之间的

火热的争执；我得再细心尝试

莎士比亚这枚苦涩的甘果。

主导的诗人！阿尔比安[1]的云霄！

你创始了深刻而永恒的主题；

我就要进入你的古橡树林了，

可别让我梦游得徒然无益：

当我在火里焚烧，请给我装上

凤凰的羽翼，好顺我的愿心飞翔。

1818 年

注释：

1　阿尔比安（Albion），英国古称。

191

"每当我害怕"

每当我害怕，生命也许等不及

　　我的笔搜集完我蓬勃的思潮，

等不及高高一堆书，在文字里，

　　像丰富的谷仓，把熟谷子收好；

每当我在繁星的夜幕上看见

　　传奇故事的巨大的云雾征象，

而且想，我或许活不到那一天，

　　以偶然底神笔描出它的幻象；

每当我感觉，呵，瞬息的美人！

　　我也许永远不会再看到你，

不会再陶醉于无忧的爱情

　　和它的魅力！——于是，在这广大的

世界的岸沿，我独自站定、沉思，

直到爱情、声名都没入虚无里。

1818 年 1 月

写于彭斯诞生的村屋

这个寿命不及千日的躯体，
彭斯呵，现在站进了你的小屋，
你曾在这里独自梦想诗誉，
从不知道命运怎样将你摆布。
你的麦汁使我的血液沸腾，
我不禁陶醉了，我头晕目眩，
因为伟大的灵魂在和我对饮：
终于，幻想沉醉地到达终点。
尽管如此，我还能在你的房间
踱来踱去，还能打开窗户
看到你所常常行经的草原，
还能想到你，并且饮酒祝福
你的名字——哦，彭斯，在阴界里
微笑吧，因为这就是人的声誉。

193

"白天逝去了"[1]

白天逝去了，它的乐趣也都失去！

　柔嫩的手，更柔的胸，娇音和红唇，

温馨的呼吸，多情的、如梦的低语，

　明眸，丰盈的体态，细软的腰身！

一切违时地消逝了，唉，当黄昏——

　那爱情的夜晚，那幽暗的节日

为了以香帷遮住秘密的欢情，

　正开始把昏黑的夜幕密密编织；

而这时，一朵鲜花，她饱含的魅力

　枯萎了，我眼前的丽影无踪；

枯萎了，我怀抱着的美底形体；

　枯萎了，声音、温暖、皎洁和天庭——

但今天我既已读过爱情底圣书，

而又斋戒、祈祷过，它该让我睡熟。

1819 年 10—12 月

注释：

1　本诗是写给诗人的恋人范妮·勃朗的。

194

"灿烂的星"[1]

灿烂的星！我祈求像你那样坚定——

　　但我不愿意高悬夜空，独自

辉映，并且永恒地睁着眼睛，

　　像自然间耐心的、不眠的隐士，

不断望着海涛，那大地的神父，

　　用圣水冲洗人所卜居的岸沿，

或者注视飘飞的白雪，像面幕，

　　灿烂、轻盈、覆盖着洼地和高山——

呵，不，——我只愿坚定不移地

　　以头枕在爱人酥软的胸脯上，

永远感到它舒缓的降落、升起；

　　而醒来，心里充满甜蜜的激荡，

不断、不断听着她细腻的呼吸，

就这样活着——或昏迷地死去。

1820 年 9 月 28 日

注释：

1　这是济慈的最后一首诗，写于自英国赴意大利的海船上。

195

希腊古瓮颂

一

你委身"寂静"的、完美的处子，

　　受过了"沉默"和"悠久"的抚育，

呵，田园的史家，你竟能铺叙

　　一个如花的故事，比诗还瑰丽：

在你的形体上，岂非缭绕着

　　古老的传说，以绿叶为其边缘，

　　　讲着人，或神，敦陂或阿卡狄？[1]

　　呵，是怎样的人，或神！在舞乐前

多热烈的追求！少女怎样地逃躲！

　　　怎样的风笛和鼓铙！怎样的狂喜！

二

听见的乐声虽好，但若听不见

　　却更美；所以，吹吧，柔情的风笛；

不是奏给耳朵听，而是更甜，

　　它给灵魂奏出无声的乐曲；

树下的美少年呵，你无法中断

196

你的歌，那树木也落不了叶子；

　　鲁莽的恋人，你永远、永远吻不上，
虽然够接近了——但不必心酸；

　　她不会老，虽然你不能如愿以偿，

　　你将永远爱下去，她也永远秀丽！

三

呵，幸福的树木！你的枝叶

　不会剥落，从不曾离开春天；
幸福的吹笛人也不会停歇，

　他的歌曲永远是那么新鲜；
呵，更为幸福的、幸福的爱！

　永远热烈，正等待情人宴飨，

　　永远热情地心跳，永远年轻；
幸福的是这一切超凡的情态：

　它不会使心灵餍足和悲伤，

　　没有炽热的头脑，焦渴的嘴唇。

四

这些人是谁呵，都去赴祭祀？

197

这作牺牲的小牛，对天鸣叫，

你要牵它到哪儿，神秘的祭司？

花环缀满着它光滑的身腰。

是从哪个傍河傍海的小镇，

或哪个静静的堡寨的山村，

来了这些人，在这敬神的清早？

呵，小镇，你的街道永远恬静；

再也不可能回来一个灵魂

告诉人你何以是这么寂寥。

五

哦，希腊的形状！惟美的观照！

上面缀有石雕的男人和女人，

还有林木，和践踏过的青草；

沉默的形体呵，你像是"永恒"

使人超越思想：呵，冰冷的牧歌！

等暮年使这一世代都凋落，

只有你如旧；在另外的一些

忧伤中，你会抚慰后人说：

"美即是真，真即是美，"这就包括

你们所知道，和该知道的一切。

1819 年 5 月

注释：

1　敦陂（Tempe），古希腊西沙里的山谷，以风景优美著称。阿卡狄（Arcady）山谷也是牧歌中常歌颂的乐园。

秋颂[1]

一

雾气洋溢、果实圆熟的秋，
　　你和成熟的太阳成为友伴；
你们密谋用累累的珠球
　　缀满茅屋檐下的葡萄藤蔓；
使屋前的老树背负着苹果，
　　让熟味透进果实的心中，
　　　　使葫芦胀大，鼓起了榛子壳，
　　好塞进甜核；又为了蜜蜂
一次一次开放过迟的花朵，
使它们以为日子将永远暖和，
　　　　因为夏季早填满它们的粘巢。

二

谁不经常看见你伴着谷仓？
　　在田野里也可以把你找到，
你有时随意坐在打麦场上，

让发丝随着簸谷的风轻飘；
有时候，为罂粟花香所沉迷，
　　你倒卧在收割一半的田垄，
　　　让镰刀歇在下一畦的花旁；
或者，像拾穗人越过小溪，
　　你昂首背着谷袋，投下倒影，
　　或者就在榨果架下坐几点钟，
　　　你耐心瞧着徐徐滴下的酒浆。

三

呵，春日的歌哪里去了？但不要
　　想这些吧，你也有你的音乐——
当波状的云把将逝的一天映照，
　　以胭红抹上残梗散碎的田野，
这时呵，河柳下的一群小飞虫
　　就同奏哀音，它们忽而飞高，
　　　忽而下落，随着微风的起灭；
篱下的蟋蟀在歌唱；在园中
　　红胸的知更鸟就群起呼哨；

201

而群羊在山圈里高声咩叫;

丛飞的燕子在天空呢喃不歇。

1819 年 9 月 19 日

注释:

1   本诗有些词句,参照了朱湘《番石榴集》的译文。

忧郁颂

一

不，不要去到忘川吧，不要
　　拧出附子草的毒汁当酒饮，
无须让普洛斯嫔的红葡萄——
　　龙葵，和你苍白的额角亲吻；
别用水松果壳当你的念珠，
　　也别让甲虫或者飞蛾充作
　　　哀怜你的赛姬[1]吧，更别让夜枭
做伴，把隐秘的悲哀诉给它听；
　　因为阴影不宜于找阴影结合，
　　　那会使心痛得昏沉，不再清醒。

二

当忧郁的情绪突然袭来，
　　像是啜泣的阴云，降自天空，
像是阵雨使小花昂起头来，
　　把青山遮在四月的白雾中，
你呵，该让你的悲哀滋养于

203

　　早晨的玫瑰，锦簇团团的牡丹，
　　　或者是海波上的一道彩虹；
或者，如若你的恋女²生了气，
　　　拉住她的柔手吧，让她去胡言，
　　　深深地啜饮她那美妙的眼睛。

三

和她同住的有"美"——生而必死；
　　还有"喜悦"，永远在吻"美"的嘴唇
和他告别；还有"欢笑"是邻居，
　　呵，痛人的"欢笑"，只要蜜蜂来饮，
它就变成毒汁。隐蔽的"忧郁"
　　原在"快乐"底殿堂中设有神坛，
　　　虽然，只有以健全而知味的口
　　咀嚼"喜悦"之酸果的人才能看见；
他的心灵一旦碰到她的威力，
　　　会立即被俘获，悬挂在云头。

1819 年 5 月

注释：

1 赛姬，据希腊神话，是国王的女儿，为爱神丘比特所恋，但因以灯盏的热油烫伤了爱神，他一怒而去。赛姬悲哀地到处寻找他，经过许多困苦，最后如愿以偿。
2 指"忧郁"。

仙灵之歌

不要悲哀吧！哦，不要悲哀！
到明年，花儿还会盛开。
不要落泪吧！哦，不要落泪！
花苞正在根的深心里睡。
擦干眼睛吧！擦干你的眼睛！
因为我曾在乐园里学会
怎样倾泻出内心的乐音——
　　　　　　哦，不要落泪。

往头上看呵！往头上看！
在那红白的花簇中间——
抬头看，抬头看。我正欢跳
在这丰满的石榴枝条。
看哪！就是用这银白的嘴
我永远医治善心的伤悲。
不要悲哀吧！哦，不要悲哀！
到明年，花儿还会盛开。
别了，别了！——我飞了，再见！

我要没入天空的蔚蓝——

哦，再见，再见！

1818 年

无情的妖女

骑士呵，是什么苦恼你，
　　独自沮丧地游荡？
湖中的芦苇已经枯了，
　　也没有鸟儿歌唱！

骑士呵，是什么苦恼你，
　　这般憔悴和悲伤？
松鼠的小巢贮满食物，
　　庄稼也都进了谷仓。

你的额角白似百合
　　垂挂着热病的露珠，
你的面颊像是玫瑰，
　　正在很快地凋枯。——

我在草坪上遇见了
　　一个妖女，美似天仙，
她轻捷、长发，而眼里

野性的光芒闪闪。

我给她编织过花冠、
　　芬芳的腰带和手镯,
她柔声地轻轻太息,
　　仿佛是真心爱我。

我带她骑在骏马上,
　　她把脸儿侧对着我,
我整日什么都不顾,
　　只听她的妖女之歌。

她给采来美味的草根、
　　野蜜、甘露和仙果,
她用了一篇奇异的话,
　　说她是真心爱我。

她带我到了她的山洞,
　　又是落泪,又是悲叹,
我在那儿四次吻着

她野性的、野性的眼。

我被她迷得睡着了，
　　呵，做了个惊心的噩梦！
我看见国王和王子
　　也在那妖女的洞中，

还有无数的骑士，
　　都苍白得像是骷髅；
他们叫道：无情的妖女
　　已把你作了俘囚！

在幽暗里，他们的瘪嘴
　　大张着，预告着灾祸；
我一觉醒来，看见自己
　　躺在这冰冷的山坡。

因此，我就留在这儿，
　　独自沮丧地游荡；

210

虽然湖中的芦苇已枯，

也没有鸟儿歌唱。

1819 年 4 月 28 日

朗
费
罗

生之礼赞

年轻的心对歌者的宣告[1]

别对我，用忧伤的调子，
　　说生活不过是春梦一场！
因为灵魂倦了，就等于死，
　　而事情并不是表面那样。

生是真实的！认真地活！
　　它的终点并不是坟墓；
对于灵魂，不能这么说：
　　"你是尘土，必归于尘土。"

我们注定的道路或目标
　　不是享乐，也不是悲叹；
而是行动，是每个明朝
　　看我们比今天走得更远。

艺术无限，而时光飞速；
　　我们的心尽管勇敢、坚强，
它仍旧像是闷声的鼓，
　　打着节拍向坟墓送丧。

在世界的广阔的战场上，
　　在"生活"的露天营盘中，
别像愚蠢的、驱使的牛羊！
　　要做一个战斗的英雄！

别依赖未来，无论多美好！
　　让死的"过去"埋葬它自己！
行动吧！就趁活着的今朝，
　　凭你的心，和头上的上帝！

伟人的事迹令人冥想
　　我们都能使一生壮丽，
并且在时间的流沙上，
　　在离去时，留下来踪迹——

这踪迹，也许另一个人

　　看到了，会重又振作，

当他在生活的海上浮沉，

　　悲惨的，他的船已经沉没。

因此，无论有什么命运，

　　不要灰心吧，积极起来；

不断地进取，不断前进，

　　要学会劳作，学会等待。

注释:

1　此处"歌者"有影射《圣经》中诗篇的作者大卫之意；但也可解释为诗人自己对自己的宣告。

奴隶的梦

他躺在没割的稻田边，
　一把镰刀还在手上；
乱蓬的头发埋在沙子里，
　他袒露着胸膛。
又一次，在睡眠的迷雾中，
　他看见了他的家乡。

在他梦寐的一片景色里，
　广阔地奔流着奈杰河；
在原野的棕树下，他又成了
　一个王，骑着马走过；
他听见了结队的商贩
　叮叮当当地走下山坡。

他又看见他黑眸子的皇后
　在孩子们中间站立，
他们搂他的颈，吻他的脸，
　又把他的手紧紧抓起！

217

一滴泪涌出了睡者的眼，
　　静静地落在沙地。

于是，他的马有如风驰电掣
　　沿着奈杰河岸飞奔；
他的马缰是金黄的链子，
　　而且，随着每一跃进，
他都感到剑鞘撞着马侧，
　　发出钢铁清脆的声音。

在他前面，像血红的旗，
　　耀眼的火鹤在飞翔；
从早到晚，他追踪着它们
　　在罗望子树的平原上，
直到他看见凯弗族的
　　茅屋顶，和迎面的海洋。

夜里他听着狮子的怒吼
　　和猎狗的嚎叫，
还有河马，在隐蔽的河边，

把一丛芦苇压倒；
这一切，像胜利的咚咚鼓声，
　　在他的梦里飘摇。

那森林发出千万种音响，
　　都在把自由喊叫；
沙漠上的疾风也在高呼，
　　呼声自由而又粗暴，
这狂暴的欢乐使他一惊，
　　使他不由得微微一笑。

呵，他不再感到主人的鞭子，
　　白日的炎热也消失；
因为死亡照明了他的睡乡；
　　他的没生命的躯体
只成了残旧的枷锁，——
　　灵魂已把它打破和抛弃！

T・S・艾略特

窗前的清晨

她们在地下室的厨房里叮当洗着
早餐的盘子,而沿着踏破的人行道边
我看到了女仆的阴湿的灵魂
从地下室的门口忧郁地抽出幼苗。

从街的底头,棕色的雾的浮波
把形形色色扭曲的脸扬给了我,
并且从一个穿着泥污裙的过路人
扯来一个茫然的微笑,它在半空
飘浮了一会,便沿着屋顶消失了。

波斯顿晚报

《波斯顿晚报》的广大读者
在风中摇摆，像一片成熟的谷禾。

当黄昏在街头缓缓地苏生，
唤醒一些人对生命的胃口，
而给另一些人带来《波斯顿晚报》。
我走上台阶，按了电铃，疲倦地
转过身，有如你会疲倦地掉过头
　　　　向罗须弗考尔德[1]说声再见，
假如大街是时间，而他在街的尽头，——
　　我说，"海丽特表姐，给你《波斯顿晚报》。"

注释：

1　罗须弗考尔德是法国 17 世纪宫廷中的宠臣，著有《格言集》，评议
他所处的社会，其中充满了幻灭和忧郁感。

阿尔弗瑞德·普鲁弗洛克的情歌

假如我认为，我是回答

一个能转回阳世间的人，

那么这火焰就不会再摇闪。

但既然，如我听到的，果真，

没有人能活着离开这深渊，

我回答你就不必害怕流言。[1]

那么我们走吧，你我两个人，

正当朝天空慢慢铺展着黄昏

好似病人麻醉在手术台上；

我们走吧，穿过一些半冷清的街，

那儿休憩的场所正人声喋喋；

有夜夜不宁的下等歇夜旅店

和满地蚝壳的铺锯末的小饭馆；

街连着街，好像一场冗长的争议

带着阴险的意图

要把你引向一个重大的问题……

唉，不要问，"那是什么？"

224

让我们快点走去作客。

在客厅里女士们来回地走，
谈着画家米开朗琪罗。

黄色的雾在窗玻璃上擦着它的背，
黄色的烟在窗玻璃上擦着它的嘴，
把它的舌头舐进黄昏的角落，
徘徊在阴沟里的污水上，
让跌下烟囱的烟灰落上它的背，
它溜下台阶，忽地纵身跳跃，
看到这是一个温柔的十月的夜，
于是便在房子附近蜷伏起来安睡。

呵，确实地，总会有时间
看黄色的烟沿着街滑行，
在窗玻璃上擦着它的背；
总会有时间，总会有时间
装一副面容去会见你去见的脸；
总会有时间去暗杀和创新，

225

去一天天从事于手的巨大业绩；

在你的茶盘上拿起或放下一个问题；

有的是时间，无论你，无论我，

还有的是时间犹疑一百遍，

或看到一百种幻景再完全改过，

在吃一片烤面包和饮茶以前。

在客厅里女士们来回地走，

谈着画家米开朗琪罗。

呵，确实地，总还有时间

来疑问，"我可有勇气？""我可有勇气？"

总还有时间来转身走下楼梯，

把一块秃顶暴露给人去注意——

（她们会说："他的头发变得多么稀！"）

我的晨礼服，我的硬领在腭下笔挺，

我的领带雅致而多彩，但为一个简朴的别针所确定——

（她们会说："可是他的胳膊腿多么细！"）

我可有勇气

搅乱这个宇宙？

226

在一分钟里总还有时间
决定和变卦，过一分钟再变回头。

因为我已经熟悉了她们，熟悉了一切——
熟悉了那些黄昏，和上下午的情景，
我是用咖啡匙子量出了我的生命；
我知道每当隔壁响起了音乐
话声就逐渐低微而至停歇。
　　　所以我怎么敢提出？

而且我已熟悉那些眼睛，熟悉了一切——
那些用一句公式化的成语把你盯住的眼睛，
当我被公式化了，在钉针下趴伏，
当我被钉着在墙壁上挣扎，
那我怎么开始吐出
我的生活和习惯的全部剩烟头？
　　　我又怎么敢提出？

而且我已经熟悉那些胳膊，熟悉了一切——
那些胳膊戴着镯子，又袒露又白净

227

（可是在灯光下，显得淡褐色毛茸茸！）
是否由于衣裙的香气
使得我这样话离本题？
那胳膊或围着肩巾，或横在案头。

　　那时候我该提出吗？
　　可是我怎么开口？

是否我说，我在黄昏时走过窄小的街，
看到孤独的男子只穿着衬衫
倚在窗口，烟斗里冒着袅袅的烟？……

那我就该会成为一对蟹钳
急急掠过沉默的海底。
啊，那下午，那黄昏，睡得多平静！
被纤长的手指轻轻抚爱，
睡了……倦慵的……或者它装病，
躺在地板上，就在你我脚边伸开。
是否我，在用过茶、糕点和冰食以后，
有魄力把这一刻推到紧要的关头？
然而，尽管我曾哭泣和斋戒，哭泣和祈祷，

尽管我看见我的头（有一点秃了）用盘子端过来，
我不是先知——这也不值得大惊小怪；
我曾看到我伟大的时刻一闪，
我曾看到那永恒的"侍者"拿着我的外衣暗笑，
一句话，我有点害怕。

而且，归根到底，那是否值得，
当甜酒、橘子酱和茶已用过，
在杯盘中间，当人们谈着你和我，
是不是值得以一个微笑
把这件事情硬啃下一口，
把整个宇宙压缩成一个球，
使它滚向一个重大的问题，
说道："我是拉撒路，从死人那里
来报一个信，我要告诉你们一切"——
万一她把枕垫放在头下一倚，
　　说道："唉，我的意思不是要谈这些；
　　不，我不是要谈这些。"

那么，归根到底，是不是值得，

是否值得在那许多次夕阳以后，

在庭院的散步和水淋过街道以后，

在读小说以后，在饮茶以后，在长裙拖过地板以后，——

说这些，和许多许多事情？——

要说出我想说的话绝不可能！

仿佛有神灯把神经的图样投到幕上：

是否还值得，

假如她放一个枕垫或掷下披肩，

把脸转向窗户，甩出一句：

"那可不是我的本意，

那可绝不是我的本意。"

不！我并非哈姆雷特王子，当也当不成；

我只是个侍从爵士，能逢场作戏，

能为一两个景开场，或为王子出主意，

就够好的了；无非是顺手的工具，

服服帖帖，巴不得有点用途，

细致，周详，处处小心翼翼，

满口高谈阔论，但有点愚鲁；

有时候，老实说，显得近乎可笑，

有时候，几乎是个丑角。

呵，我变老了……我变老了……
我将要把我的裤脚边卷起[2]。
我将把头发往后分吗[3]？我可敢吃桃子？
我将穿上白法兰绒裤子在海滩上走过。
我听见了女水妖彼此对唱着歌。

我不认为她们会为我唱歌。

我看过她们凌驾波浪驰向大海，
梳着打回来的波浪的白发，
当狂风把海水吹得又黑又白。

我们是停留于大海的宫室，
被海妖以红的和棕的海草装饰，
一旦被人声唤醒，我们就淹死。

1917 年

注释：

1   见但丁《神曲·地狱》第二十七章第 61—66 行。原诗引用的是意大利文。

2   这是当时最时髦的式样。

3   据艾略特的哈佛大学同学艾肯（Conrad Aiken）在他的一本自传作品中说，这种发式是当时巴黎文人中最时髦的。

题注

本注释摘译自美国批评家克里安斯·布鲁克斯（Cleanth Brooks）和罗伯特·华伦（Robert Penn Warren）合著的《理解诗》（*Understanding Poetry*），1950 年。

这篇诗是一个戏剧独白，一个人说出一段话来暗示他的经历并显示了他的性格。……普鲁弗洛克是一个中年人，有些过于敏感和怯懦，又企望又迁延。一方面害怕生命白白溜走，可又对事实无可奈何。他本是他的客厅世界的地道产物，可又对那个世界感到模糊地不满。不过，我们只有细细观察，才能掌握本诗许多细节的全部意义并理解全诗的含意。现在就让我们按照顺序对各个细节观察一下。

本诗里的"你"是谁？他就是许多其他诗中所出现的那个"你"，即普通读者。但本诗中的"你"还特殊一点，它是普鲁弗洛克愿意向其展示内心秘密的人。关于这个问题，我们在本文最后还要论到。

时间正是黄昏，"你"被邀请一起去访问，而这个黄昏世界在本诗往下叙述时变得越来越重要了。这个世界既非黑夜，又非白昼。昏黄的色彩渲染了本诗的气氛。这是一个"好似病人麻醉在手术台上"的黄昏。由于这个形象，这昏黄世界也成了另一意义的昏黄世界，就是生与死之间的境界。这里也意味着病恹恹的世界，手术室的氛围。我们可以说，在某一意义上，普鲁弗洛克是在动外科手术，或至少进行疾病检查（这病人既是他的世界，也是他自己）。他在寻求一个问题的答案，——这是"一个重大的问题"，对这问题"你"不能问，只能从这次访问中，在看到普鲁弗洛克的世界后才能理解。

要达到普鲁弗洛克的特殊世界，"你"必须走过一段由窄小的街道组成的贫民窟。它为普鲁弗洛克的世界提供一个背景，一种对照，这对照在本诗后面部分尤其重要，但目前是为了指出那突如其来的女士们的谈话是多么琐碎。这并非说她们谈的主题琐碎；恰恰相反，那主题——米开朗琪罗是和女士们的琐碎形成对照的，因为他是有强烈性格的人和辉煌的艺术家，而且还是文艺复兴伟大创造时期的典型人物，他和普鲁弗洛克世界的女士们很不相称。

在本诗第15—20行，我们进一步接触到这个昏黄世界。这里有一点发展：烟和雾的降落有意加重那客厅与外界的隔绝。而且，借黄色的雾描出的睡猫的形象，影射普鲁弗洛克

233

世界的懒洋洋和漫无目的的特点。

在下一段（第23—34行）里，有两个主题呈现诗中：即时间主题和"表象及真实"主题。前一主题表现在：总还有时间来决定解决某一未名的"重大的问题"——来构制幻景和修改幻景。这里"幻景"（vision）一词是重要的，因为它意味着某种基本的洞察力，真理的一闪或美的一瞥。只有神秘学家、圣徒、占卜人和诗人才看得到"幻景"。可是这一个词又和"更改"（revision）并用，含有再思索和故意改变的意思，等等。本段的第二主题表现在：普鲁弗洛克要准备一副假象来应付世界。他不能直接面对世界，而必须伪装起来。

这种必须是怎么引起来的，现在还看不出，但在下一节（第37—48行）里我们看到：伪装是由于害怕嘲笑，怕世人的敌视的眼睛贪婪地瞄着每一缺陷。在这里，时间主题的侧重点也改变了。在前一节，是总会有时间来容许推迟重要的决定，可是现在，在那个思想里还渗入另一个思想，即时光迫人，暮年逼近。带着时光逼人的意识和恐惧，普鲁弗洛克敢不敢以一个重大的问题搅乱那个宇宙呢？

以下三节（第49—69行）进一步解释何以普鲁弗洛克不能搅乱宇宙。第一，他自己就属于那个世界，因此，他批评它就是甘冒大不韪。作为那个世界的完美的产物，又被它的庸碌无能的自卑感所熏染，他凭什么能提出对它的批判呢？其次，他害怕这个世界，那些敌视的眼睛在瞄着他。这种恐惧使他不敢改变他的"生活和习惯"。

这三节中的最后一节（第62—69行）好像和前两节有同样的格局：我已经熟悉了这个世界等等，所以我怎么敢提出？可是它有新的内容，即胳膊和香气，这不能被认为仅仅是普鲁弗洛克世界的细节。归根到底，这首诗名为"情歌"，迄今却还不见爱情的故事。现在，不是一个女人，而许多女人意味深长地呈现了。普鲁弗洛克被赤裸的胳膊和衣裙的阵阵香气所吸引，可就是在这陈述浪漫感情的几行中，我们看到一种更现实的观察在括号里的一行中被提出来："可是在灯光下，显得淡褐色毛茸茸！"是否这仅仅是附带而过，还是指出了普鲁弗洛克的某方面？对"真正"的胳膊的观察和"浪漫"想象中的胳膊形成对照，这一事实即减弱了吸引力：针对着诱惑还暗示有一种厌恶，有一种对现实和肉体的弃绝。在这种情况下，普鲁弗洛克怎能"开口"呢？

以下五行（第70—74行）是一种插叙，发展着"爱情"主题。普鲁弗洛克想起了（一如在本诗开头）他走过陋巷和贫民窟，看见那里孤独的男子们，被社会所遗弃的人们。何以这里插入这一回忆呢？为什么它在此刻浮上普鲁弗洛克的心中并写在诗里？普鲁弗洛克也是一个孤独的人，一个被社会遗弃的人，他突然感到自己和那些孤独者是一样的。但同时，他的处境却和他们不同。他们是因贫困、厄运、疾病或

235

老年而孤独，而他的孤独是由于他畏缩和弃绝生活。

这种解释从一对蟹钳那两行得到印证。蟹钳是一种贪欲的象征，它和普鲁弗洛克的过于文雅和敏感得神经质的生存形成两个极端。可是绝望中的普鲁弗洛克宁愿过那种蟹钳的生活，不管它如何低级和原始，只因为那是生活，而且是有目的的生活。贫民窟的景象和原始的海底都不同于普鲁弗洛克的世界；我们可以感到从第 70 行起，有了一种呆板的、散文的节奏，和本诗其他部分的流畅而松弛的节奏迥乎不同。

从第 75 行起，我们重又回到客厅来，回到普鲁弗洛克没有魄力促使"紧要关头"出现的那个被麻醉的、平静的昏黄世界来。主宰这一节的主题是时间主题，一种体力衰退和死亡临近的感觉，不是时间太多，而是时不我待的感觉。现在，在岁月蹉跎的感觉下，普鲁弗洛克的痛苦仿佛无所谓了；它没有任何成果。他承认他不是先知，也不是像施洗礼者约翰[1]那样能宣告新的天道。在提及施洗礼者约翰的地方，我们还看到也有爱情故事的提示，因为那个先知所以致死，是由于他拒绝了沙乐美的爱情；普鲁弗洛克也拒绝了爱情，但并非由于他是虔信和热情传道的先知。他只不过是他的世界的产物，而在他那个世界里，甚至"死亡"也是一个侍役，在拿着他的外衣并偷偷笑这个有些滑稽的客人。连普鲁弗洛克的死也失去庄严和意义。

从第87—110行中，普鲁弗洛克自问，即使他逼临那紧要关头，这一切是否值得呢？这里牵涉爱情故事，牵涉和一个女人的某种默契。"把整个宇宙压缩成一个球"这句话暗用英国诗人马威尔（Andrew Marvell, 1621—1678）的一首情歌：《给他忸怩的女郎》。马威尔的情人要把甜情蜜意压缩进至高无上的一刻，可是普鲁弗洛克呢，却要把整个宇宙压成一个球，滚向一个"重大的问题"。换句话说，对普鲁弗洛克来说，那不仅是涉及个人关系的问题，而且涉及世界及生活的意义。当然这两者不无关系，如果生活没有意义，个人关系也不可能有意义。

　　假如普鲁弗洛克能使那严重的一刻发生，他感到他就会像拉撒路一样从死的境域转回来。让我们考查一下这个典故包含什么意思。在《圣经》里有两个叫这名字的人。一个是躺在财主门口的乞丐（《路加福音》第十六章），另一个是马利亚和马太的兄弟，他死后耶稣使之复生（《约翰福音》第十一章）。当前一个拉撒路死去时，他被天使带去放在亚伯拉罕的怀里，而财主则进了地狱。财主看见拉撒路在享福，就请求打发拉撒路来给他送点水，亚伯拉罕不肯这样做。财主又请求至少打发拉撒路去告诫他的五个兄弟多行好事，以免下地狱之苦。亚伯拉罕回答说，他们有先知的话可以听从。

237

他（财主）说：我祖亚伯拉罕呵，不是的；若是有一个从死里复活的，到他们那里去，他们必要悔改。

亚伯拉罕说：若不听从摩西和先知的话，就是有一个从死里复活的，他们也是不听劝。

由此看来，两段有关拉撒路的故事，都包含着死后还阳，我们可以说这典故即暗示这两段的这一共同内容。对普鲁弗洛克来说，死后还阳是指他从无意义的生存中觉醒过来，和耶稣叫拉撒路复活相似。"告诉一切"就是说出死后的情况，说出其可怕的情景。乞丐拉撒路的故事似较另一拉撒路的故事在这一用典中所占的比重大些。普鲁弗洛克的告诫正像乞丐拉撒路之于财主们一样，不会被客厅的女士所重视；即使他提出那"重大的问题"，她也不会明白他谈的是什么。

在意识到这情形的同时，普鲁弗洛克还感于他自己的能力不足。他不是哈姆雷特王子（第 111—120 行）。哈姆雷特陷于犹疑和绝望中。他向奥菲丽亚提出一个"重大的问题"，可是她不了解他的意思。哈姆雷特犹豫不决，但类比到此为止。哈姆雷特庄严而热情地和他的疑难作斗争。他没有屈服于神经质的逃避和怯懦。他面对的世界是邪恶而粗暴的，但不是昏黄而慵懒的。《哈姆雷特》悲剧和米开朗琪罗的作品一样是属于历史上一个伟大的创造时代，只要一提到他们，就会唤起那个与普鲁弗洛克世界完全不同的世界。富于忧郁的自嘲感的普鲁弗洛克看出这一切，他知道如果说那悲剧中有任何角色像他的话，那便是那饶舌而浅陋的老波隆尼阿斯，那阿谀的罗森克兰兹，或是那愚蠢的花花公子奥斯里克。也许，他可以算是那出现在许多伊丽莎白悲剧中的小丑——虽说哈姆雷特悲剧中没有小丑。

因此从第120行起，我们看到普鲁弗洛克安于他所扮演的角色，默认他将不再提出那重大的问题，默认他已经老得不必迟疑了。随着这一时间主题的提出，我们看到他已是一个走在海滩上黯然观望女郎们的老人，而那些女郎对他已不屑一顾了。这一场景突然又转化成美和力的幻景，与普鲁弗洛克所居的世界迥然不同。女郎们仿佛成了女水妖，自如地驶着波浪朝海外她们自然的创造力奔去。（我们应注意，这也指那蟹钳掠过的海：粗野的力和美的幻景本都是生命之源的大海的一个侧面。）

最后关于女水妖的一节（第129—131行）使我们看到：普鲁弗洛克原来的处境被奇怪地颠倒了：他不是"停留"在女士们谈论着米开朗琪罗的客厅里，而是在"大海的宫室"，被"女水妖"所包围着。当然这类经验不过是做梦：它要"被人声唤醒"的。醒了就意味着回到人世来，亦即被窒息而死："……我们就淹死。"

这结尾的形象精彩地概述了普鲁弗洛克的性格和处境：

239

故|译|新|编

他只能在梦中陶醉于赐予生命的大海；而即使在那梦里，他也只是看到他那消极和被动的自我：他并没有"凌驾波浪驰向大海"；他停留在"宫室"里，被"海妖"装饰以海草。不过，尽管他不能在海里生活，或不能在浪漫的海底梦里生活，但他的干瘪的"人世"却窒息他。他成了一条离水之鱼。

　　是否这首诗只是一个性格素描，一个神经质"患者"的自嘲的暴露？或者它还有更多的含意？如果有更多的含意，我们到哪里去找呢？首先，我们在最后三行里看到突然使用"我们"。普鲁弗洛克把情况普遍化了；不仅他自己，而且其他人也都处于同一困境中。其次，普鲁弗洛克的世界被着重指出是一个无意义的、半明半暗的世界，是一个被麻醉的梦界，它被置于另一世界即被击败的贫民窟世界之中。此外还有一处表示本诗有普遍的含义。艾略特在本诗开首从但丁的《神曲》引来的一段题辞，原是被贬到地狱的吉多·达·蒙特费尔特罗的一段讲话。他站在劫火中说："假如我认为我是回答一个能转回阳世间的人，那么这火焰就不会再摇闪。（注：在蒙骗和欺诈者的那一层地狱里，每个阴魂都被包在一个大火焰中，在阴魂说话时，他的声音就自火苗顶尖发出来，因此那火苗就像舌头一样颤动和摇闪。）但既然，如我听到的，果真没有人能活着离开这深渊，我回答你就不必害怕流言。"吉多以为听他讲话的但丁也是被打入地狱的阴魂，

240

因此，既然但丁不能回到阳世去传他的话，他就不必担心什么而讲起自己的过去和无耻的勾当。所以，这段题辞等于是说：普鲁弗洛克像被贬入地狱的吉多从火焰里说话一样；他所以对诗中的"你"（读者）讲话，是因为他认为读者也是被贬入地狱的，也属于和他一样的世界，也患着同样的病。这个病就是失去信念，失去对生活意义的信心，失去对任何事情的创造力，意志薄弱和神经质的自我思考。由此看来，归根结底这篇诗不是讲可怜的普鲁弗洛克的，他不过是普遍存在的一种病态的象征……

注释：

1 施洗礼者约翰是耶稣的前驱，据说他奉派"为天主铺平道路"。《新约·马太福音》记载：希律王因为约翰阻止他娶自己的弟妇希罗底而将约翰囚禁，但因百姓以约翰为先知，不敢杀他。以后希罗底的女儿沙乐美得到希律的欢心，因得不到约翰的爱情，要求希律把约翰杀掉，把他的头放在盘子上给她。希律果然照办了。

241

荒原

> "因为我在古米亲眼看见西比尔吊在
> 笼子里。孩子们问她：你要什么，
> 西比尔？她回答道：我要死。"

献给艾兹拉·庞德
更卓越的巧匠

一　死者的葬仪

四月最残忍，从死了的
土地滋生丁香，混杂着
回忆和欲望，让春雨
挑动着呆钝的根。
冬天保我们温暖，把大地
埋在忘怀的雪里，使干了的
球茎得一点点生命。
夏天来得意外，随着一阵骤雨
到了斯坦伯吉西；我们躲在廊下，
等太阳出来，便到郝夫加登

去喝咖啡，又闲谈了一点钟。

我不是俄国人，原籍立陶宛，是纯德国种。
我们小时候，在大公家里作客，
那是我表兄，他带我出去滑雪橇，
我害怕死了。他说，玛丽，玛丽，
抓紧了呵。于是我们冲下去。
在山中，你会感到舒畅。
我大半夜看书，冬天去到南方。

这是什么根在抓着，是什么枝杈
从这片乱石里长出来？人子呵，
你说不出，也猜不着，因为你只知道
一堆破碎的形象，受着太阳拍击，
而枯树没有阴凉，蟋蟀不使人轻松，
干石头发不出流水的声音。只有
一片阴影在这红色的岩石下，
（来吧，请走进这红岩石下的阴影）
我要指给你一件事，它不同于
你早晨的影子，跟在你后面走，

243

也不像你黄昏的影子，起来迎你，
我要指给你恐惧是在一撮尘土里。

  风儿吹得清爽，

   吹向我的家乡，

   我的爱尔兰孩子，

   如今你在何方？
"一年前你初次给了我风信子，
他们都叫我风信子女郎。"
——可是当我们从风信子园走回，天晚了，
你的两臂抱满，你的头发是湿的，
我说不出话来，两眼看不见，我
不生也不死，什么都不知道，
看进光的中心，那一片沉寂。
荒凉而空虚是那大海。

索索斯垂丝夫人，著名的相命家，
患了重感冒，但仍然是
欧洲公认的最有智慧的女人，
她有一副鬼精灵的纸牌。这里，她说，
你的牌，淹死的腓尼基水手，

244

（那些明珠曾经是他的眼睛。看！）
这是美女贝拉唐娜，岩石的女人，
有多种遭遇的女人。
这是有三根杖的人，这是轮盘，
这是独眼商人，还有这张牌
是空白的，他拿来背在背上，
不许我看见。我找不到。
那绞死的人。小心死在水里。
我看见成群的人，在一个圈里转。
谢谢你。如果你看见伊奎通太太，
就说我亲自把星象图带过去：
这年头人得万事小心呵。

不真实的城，
在冬天早晨棕黄的雾下，
一群人流过伦敦桥，呵，这么多
我没有想到死亡毁灭了这么多。
叹息，隔一会短短地嘘出来，
每人的目光都盯着自己的脚。
流上小山，流下威廉王大街，

245

直到圣玛丽·伍尔诺教堂，在那里
大钟正沉沉敲着九点的最后一响。
那儿我遇到一个熟人，喊住他道：
"史太森！你记得我们在麦来船上！
去年你种在你的花园里的尸首，
它发芽了吗？今年能开花吗？
还是突然霜冻扰乱了它的花床？
哦，千万把狗撵开，那是人类之友，
不然他会用爪子又把它掘出来！
你呀，伪善的读者——我的同类，我的兄弟！"

二　一局棋戏

她所坐的椅子，在大理石上
像王座闪闪发光；有一面镜子，
镜台镂刻着结葡萄的藤蔓，
金黄的小爱神偷偷向外窥探，
（还有一个把眼睛藏在翅膀下）
把七支蜡的烛台的火焰
加倍反射到桌上；她的珠宝
从缎套倾泻出的灿烂光泽，

正好升起来和那反光相汇合。
在开盖的象牙瓶和五彩玻璃瓶里
暗藏着她那怪异的合成香料，
有油膏、敷粉或汁液——以违乱神智，
并把感官淹没在奇香中；不过
受到窗外的新鲜空气的搅动，
它们上升而把瘦长的烛火加宽，
又把烛烟投到雕漆的梁间，
使屋顶镶板的图案模糊了。
巨大的木器镶满了黄铜
闪着青绿和橘黄，有彩石围着，
在幽光里游着一只浮雕的海豚。
好像推窗看到的田园景色，
在古老的壁炉架上展示出
菲罗美的变形，是被昏王的粗暴
逼成的呵；可是那儿有夜莺的
神圣不可侵犯的歌声充满了荒漠，
她还在啼叫，世界如今还在追逐，
"唧格，唧格"叫给脏耳朵听。
还有时光的其他残骸断梗

247

在墙上留着；凝视的人像倾着身，
倾着身，使关闭的屋子默默无声。
脚步在楼梯上慢慢移动着。
在火光下，刷子下，她的头发
播散出斑斑的火星
闪亮为语言，以后又猛地沉寂。

"我今晚情绪不好。呵，很坏。陪着我。
跟我说话吧。怎么不说呢？说呵。
你在想什么？想什么？什么呀？
我从不知你想着什么。想。"

我想我们是在耗子洞里，
死人在这里丢了骨头。
"那是什么声音？"
　　　　　　　　　　是门洞下的风。
"那又是什么声音？风在干什么？"
　　　　　　　　　虚空，还是虚空。
　　　　　　　　　　　　　　"你
什么也不知道？什么也没看见？什么

也不记得?"

　　我记得

那些明珠曾经是他的眼睛。

"你是活是死? 你的头脑里什么也没有?"

　　　　　　　　　　　　　　可是

呵呵呵呵那莎士比希亚小调——

这么文雅

这么聪明

"我如今做什么好? 我做什么好?"

"我要这样冲出去, 在大街上走,

披着头发, 就这样。我们明天干什么?

我们究竟干什么?"

　　　　　　　　十点钟要热水。

若是下雨, 四点钟要带篷的车。

我们将下一盘棋

揉了难合的眼, 等着叩门的一声。

丽尔的男人退伍的时候, 我说——

我可是直截了当, 我自己对她说的,

快走吧, 到时候了

艾伯特要回来了，你得打扮一下。

他要问你他留下的那笔镶牙的钱

是怎么用的。他给时，我也在场。

把牙都拔掉吧，丽尔，换一副好的。

他说，看你那样子真叫人受不了。

连我也受不了，我说，你替艾伯特想想，

他当兵四年啦，他得找点乐趣，

如果你不给他，还有别人呢，我说。

呵，是吗，她说。差不多吧，我说。

那我知道该谢谁啦，她说，直看着我。

快走吧，到时候了

你不爱这种事也得顺着点，我说。

要是你不能，别人会来接你哩。

等艾伯特跑了，可别怪我没说到。

你也不害臊，我说，弄得这么老相。

（论年纪她才三十一岁。）

没有法子，她说，愁眉苦脸的，

是那药丸子打胎打的，她说。

（她已生了五个，小乔治几乎送了她的命。）

医生说就会好的，可是我大不如前了。

你真是傻瓜，我说。

要是艾伯特不肯罢休，那怎么办，我说。

你不想生孩子又何必结婚？

快走吧，到时候了

对，那礼拜天艾伯特在家，做了熏火腿，

他们请我吃饭，要我趁热吃那鲜味——

快走吧，到时候了

快走吧，到时候了

晚安，比尔。晚安，娄。晚安，梅。晚安。

再见。晚安。晚安。

晚安，夫人们，晚安，亲爱的，晚安，晚安。

三　火的说教

河边缺少了似帐篷的遮盖，树叶最后的手指

没抓住什么而飘落到潮湿的岸上。风

掠过棕黄的大地，无声的。仙女都走了。

温柔的泰晤士，轻轻地流，等我唱完我的歌。

河上不再漂着空瓶子，裹夹肉面包的纸，

绸手绢，硬纸盒子，吸剩的香烟头，

或夏夜的其他见证。仙女都走了。

还有她们的朋友，公司大亨的公子哥儿们，

走了，也没有留下地址。

在莱芒湖旁我坐下来哭泣……

温柔的泰晤士，轻轻地流，等我唱完我的歌。

温柔的泰晤士，轻轻地流吧，我不会大声，也说不多。

可是在我背后的冷风中，我听见

白骨在碰撞，得意的笑从耳边传到耳边。

一只老鼠悄悄爬过了草丛

把它湿黏的肚子拖过河岸，

而我坐在冬日黄昏的煤气厂后，

对着污滞的河水垂钓，

沉思着我的王兄在海上的遭难。

和在他以前我的父王的死亡。

在低湿的地上裸露着白尸体，

白骨抛弃在干燥低矮的小阁楼上，

被耗子的脚拨来拨去的，年复一年。

然而在我的背后我不时地听见

汽车和喇叭的声音，是它带来了

斯温尼在春天会见鲍特太太。

252

呵，月光在鲍特太太身上照耀

也在她女儿身上照耀

她们在苏打水里洗脚

哦，听童男女们的歌声，在教堂的圆顶下！

喊喳喊喳

唧格，唧格，唧格，

逼得这么粗暴。

特鲁

不真实的城

在冬日正午的棕黄雾下

尤金尼迪先生，斯莫纳的商人

没有刮脸，口袋里塞着葡萄干

托运伦敦免费，见款即交的提单，

他讲着俗劣的法语邀请我

到加农街饭店去吃午餐

然后在大都会去度周末。

在紫色黄昏到来时，当眼睛和脊背

从写字台抬直起来，当人的机体

像出租汽车在悸动地等待，

我，提瑞西士，悸动在雌雄两种生命之间，

一个有着干瘪的女性乳房的老头，

尽管是瞎的，在这紫色黄昏的时刻

（它引动乡思，把水手从海上带回家）

却看见打字员下班回到家，洗了

早点的用具，生上火炉，摆出罐头食物。

窗外不牢靠地摊挂着

她晾干的内衣，染着夕阳的残辉，

沙发上（那是她夜间的床）摊着

长袜子，拖鞋，小背心，紧身胸衣。

我，有褶皱乳房的老人提瑞西士，

知道这一幕，并且预见了其余的——

我也在等待那盼望的客人。

他来了，那满脸酒刺的年轻人，

小代理店的办事员，一种大胆的眼神，

自得的神气罩着这种下层人，

好像丝绒帽戴在勃莱弗暴发户的头上。

来的正是时机，他猜对了，

晚饭吃过，她厌腻而懒散，
他试着动手动脚上去温存，
虽然没受欢迎，也没有被责备。
兴奋而坚定，他立刻进攻，
探索的手没有遇到抗拒，
他的虚荣心也不需要反应，
冷漠对他就等于是欢迎。
(我，提瑞西士，早已忍受过了
在这沙发床上演出的一切；
我在底比斯城墙下坐过的，
又曾在卑贱的死人群里走过。)
最后给了她恩赐的一吻，
摸索走出去，楼梯上也没个灯亮……
她回头对镜照了一下，
全没想到还有那个离去的情人；
心里模糊地闪过一个念头：
"那桩事总算完了；我很高兴。"
当美人儿做了失足的蠢事
而又在屋中来回踱着，孤独地，
她机械地用手理了理头发，

255

并拿一张唱片放上留声机。

"这音乐在水上从我的身边流过",
流过河滨大街,直上维多利亚街。
哦,金融城,有时我能听见
在下泰晤士街的酒吧间旁,
一只四弦琴的悦耳的怨诉,
而酒吧间内鱼贩子们正在歇午,
发出嘈杂的喧声,还有殉道堂:
在它那壁上是说不尽的
爱奥尼亚的皎洁与金色的辉煌。

油和沥青
洋溢在河上
随着浪起
游艇漂去
红帆
撑得宽宽的
顺风而下,在桅上摇摆。
游艇擦过

漂浮的大木

流过格林威治

流过犬岛

      喂呵啦啦　　咧呀

      哇啦啦　咧呀啦啦

伊丽莎白和莱斯特

划着桨

船尾好似

一只镀金的贝壳

红的和金黄的

活泼的水浪

泛到两岸

西南风

把钟声的清响

朝下流吹送

白的楼塔

      喂呵啦啦　　咧呀

      哇啦啦　咧呀啦啦

257

"电车和覆满尘土的树，
海倍里给我生命。瑞曲蒙和克尤
把我毁掉。在瑞曲蒙我跷起腿
仰卧在小独木舟的船底。"

"我的脚在摩尔门，我的心
在我脚下。在那件事后
他哭了，发誓'重新做人'。
我无话可说。这该怨什么?"

"在马尔门的沙滩上。
我能联结起
虚空和虚空。
呵，脏手上的破碎指甲。
我们这些卑贱的人
无所期望。"

　　　　　　　　啦啦

于是我来到迦太基

烧呵烧呵烧呵烧呵

主呵，救我出来

主呵，救我

烧呵

四　水里的死亡

扶里巴斯，那腓尼基人，死了两星期，

他忘了海鸥的啼唤，深渊的巨浪，

利润和损失。

　　　　　　海底的一股洋流

低语着啄他的骨头。就在一起一落时光

他经历了苍老和青春的阶段

而进入旋涡

　　　　　　犹太或非犹太人呵，

你们转动轮盘和观望风向的，

想想他，也曾像你们一样漂亮而高大。

五　雷说的话

在汗湿的面孔被火把照亮后

在花园经过寒霜的死寂后

在岩石间的受难后

还有呐喊和哭号

监狱、宫殿和春雷

在远山的回音振荡以后

那一度活着的如今死了

我们曾活过而今却在垂死

多少带一点耐心

这里没有水只有岩石

有石而无水，只有沙石路

沙石路迂回在山岭中

山岭是石头的全没有水

要是有水我们会停下来啜饮

在岩石间怎能停下和思想

汗是干的，脚埋在沙子里

要是岩石间有水多么好

死山的嘴长着蛀牙，吐不出水来

人在这里不能站，不能躺，不能坐

这山间甚至没有安静

只有干打的雷而没有雨

这山间甚至没有闲适

只有怒得发紫的脸嘲笑和詈骂

从干裂的泥土房子的门口

        如果有水

  而没有岩石

  如果有岩石

  也有水

  那水是

  一条泉

  山石间的清潭

  要是只有水的声音

  不是知了

  和枯草的歌唱

  而是水流石上的清响

  还有画眉鸟隐在松林里作歌

  淅沥淅沥沥沥沥

  可是没有水

261

那总是在你身边走的第三者是谁？

我算数时，只有你我两个人

可是我沿着白色的路朝前看

总看见有另一个人在你的身旁

裹着棕色的斗篷蒙着头巾走着

我不知道那是男人还是女人

——但在你身旁走的人是谁？

那高空中响着什么声音

好似慈母悲伤的低诉

那一群蒙面人是谁

涌过莽莽的平原，跌进干裂的土地

四周只是平坦的地平线

那山中是什么城

破裂，修好，又在紫红的空中崩毁

倒下的楼阁呵

耶路撒冷、雅典、亚历山大、

维也纳、伦敦

呵，不真实的

一个女人拉直她的黑长的头发
就在那丝弦上弹出低诉的乐音
蝙蝠带着婴儿脸在紫光里
呼啸着，拍着翅膀
头朝下，爬一面烟熏的墙
钟楼倒挂在半空中
敲着回忆的钟，报告时刻
还有歌声发自空水槽和枯井。

在山上这个倾圮的洞里
在淡淡的月光下，在教堂附近的
起伏的墓上，草在歌唱
那是空的教堂，只是风的家。
它没有窗户，门在摇晃，
干骨头伤害不了任何人。
只有一只公鸡站在屋脊上
咯咯叽咯，咯咯叽咯
在电闪中叫。随着一阵湿风
带来了雨。

恒河干涸，疲萎的叶子

等待下雨，乌黑的云

在远方集结，在喜马万山上。

林莽蜷伏着，沉默地蜷伏着。

于是雷说话了

哒

哒塔：我们给予了什么？

我的朋友，血激荡着我的心

一刹那果决献身的勇气

是一辈子的谨慎都赎不回的

我们是靠这，仅仅靠这而活着

可是我们的讣告从不提它

它也不在善意的蜘蛛覆盖的记忆里

或在尖下巴律师打开的密封下

在我们的空室中

哒

哒亚德万：我听见钥匙

在门上转动一下，只转动了一下

我们想着钥匙，每人在囚室里，

想着钥匙，每人认定一间牢房

只在黄昏时，灵界的谣传
使失意的考瑞雷纳斯有一刻复苏
哒
哒密阿塔：小船欢欣地响应
那熟于使帆和摇桨的手
海是平静的，你的心灵受到邀请
会欢快地响应，听命于
那节制的手

         我坐在岸上
垂钓，背后是一片枯干的荒野，
是否我至少把我的园地整理好？
伦敦桥崩塌了崩塌了崩塌了
于是他把自己隐入炼狱的火中
何时我能像燕子——呵燕子，燕子
阿基坦王子在塌毁的楼阁中
为了支撑我的荒墟，我捡起这些碎片
当然我要供给你。海若尼莫又疯了。
哒嗒。哒亚德万。哒密阿塔。
善蒂，善蒂，善蒂。

1922 年

265

附：T. S. 艾略特的《荒原》[1]

————布鲁克斯和华伦

　　《荒原》是一首有名的最难懂的诗。它确实有难懂的地方，可是它最吓人的倒不一定是那许多文学典故，或那许多外国文字的引语。典故可以阐明，外文可以译出。本文后面将有一部分这一方面的注解。危险在于：读者或许把解释看作就是诗了，认为既已领会了前者，就是掌握了后者。本文将进行的讨论只能被看作是达到目的的一种手段，这目的乃是对于诗本身获得想象的理解。因此，读者满可以一开始就朗诵这首诗并且"听"它，先不必太关注于某些段落的意义。要理解任何一首诗，这都是可取的办法。它完全适用于《荒原》。在如此做时，读者会充分地对诗作为诗而加以尊重，不致被大量的注解所淹没。因为解释不管多么必要，要是以它代替了诗本身的话，那终归是无济于事的。

　　本诗的题名取自一个中世纪的传说，传说中讲到有一片干旱的土地被一个残废而不能生育的渔王统治着，这个渔王的宫堡就坐落在一条河岸上。这土地的命运是和它主人的命运相联系的。除非主人的病治愈，这片土地便只有受诅咒：

牲畜不能生育，庄稼不能生长。只有当一个骑士去到渔王的宫堡，并在那里对显示给他的各种东西询问其意义的时候，这种诅咒才能消失。

杰茜·韦斯顿女士（Jessie L. Weston）在她所著的《从祭仪到罗曼斯》（*From Ritual to Romance*）一节里认为，渔王原来是植物神，在岁末时人们哀悼他的死亡。在春天大自然复苏时，则庆祝他的胜利回返。据韦斯顿女士说，拜繁殖教曾广为传播，特别被士兵和叙利亚商人所传播。以后这故事被基督教转化为圣杯的故事，影射入教的仪式。为了考验入教者的勇气，他必须旅行到"凶险的教堂"，那里好像有一群恶魔在号叫。而且，在他到达渔王的宫堡时，他必须积极探求真理，必须追问各种征象的意义，然后才能把秘密的教义传授给他，才能告诉他生死是相关的，由死才能达到生。

在艾略特的诗《序曲》，特别在《阿尔弗瑞德·普鲁弗洛克的情歌》里，读者已经触及这个主题了。对本文的读者来说，为谈《荒原》，最好的准备是重读一下"普鲁弗洛克"的分析，因为这两首诗有共同的主题。艾略特在《荒原》中只不过把早一首诗里所用的写作技巧更加以扩充和发展罢了。读者开始满可以把《荒原》当作是"普鲁弗洛克"的世

267

界透过中世纪传说的被诅咒的土地这一隐喻而再现出来的。

荒原的象征回荡在全诗的许多事件里。它说明了索索斯垂丝夫人使用泰洛纸牌算命的那一幕（第43—59行）。泰洛纸牌的图像，据韦斯顿女士考证，是来源于崇拜繁殖的一套征象。可能在古埃及曾使用这些纸牌来占卜河水的高涨，因为全民族的繁荣都有赖于此。（我们也可以把算命这一幕看作是对骑士显示各种征象，让他追问其意义，以便使诅咒消失。）

荒原的象征还反映在有关尤金尼迪先生的提示中（第209行）。他是叙利亚商人的现代子孙，那些叙利亚商人像腓尼基人扶里巴斯一样，曾把圣迹带到遥远的不列颠。尤金尼迪（Eugenides）原意是"高贵者之子"，可是他的作用如今堕落了。他请人"在大都会去度周末"并不意味着启示人以生之秘密，而是引人崇奉空虚的或反常的寻欢作乐。赴教堂的痛苦旅程（第五章）影射去"凶险的教堂"的旅程，即求真知入门仪式的一部分。

不过，荒原的象征并不能解释诗里的一切事情（我们将看到，有许多其他比喻是用来暗示现代世界的性质的）。我们可能要对诗人采用如此遥远的比喻和如此复杂的一系列引语提出疑问。可是拜繁殖教所针对的问题的核心性质使采用这一切成为适宜。这种崇拜曾出现在我们所知道的每一文化中：人在试图赋予生命以意义时，必须解说生和死这类事实。而且，任何从较原始文化发展起来的高度文化，必然饱含着拜繁殖教的象征的种种暗示和变种。

对这些象征所构成的神话的采用，使诗人能有一套灵活有力的手段来表达现代文明的意义或无意义。泰洛纸牌可以说明这一点：它一度重要的用途和今日被下等的算命人利用的情况形成了对比；过去的教导是，绞死的神之所以死去，是为了他的人民能获得新生，而今日索索斯垂丝夫人却劝人避免死亡。

假如我们认为，这种对比只不过是为了把现在和光辉而有意义的过去加以对照来显示现在的龌龊，那就和反过来认为其含义是说过去的一切教士都不过是索索斯垂丝夫人这类骗子，是同样不中肯的。全诗所用的对比，其含义并不如此单纯。这些对比涉及一切文化所提出的基本问题，尽管在某些文化中，人们被迫作出回答，而在另一些文化中，人们则漫不经心地不予理会。

但对本诗的读者说，使用荒原的传说有其特殊用意。诗人意欲戏剧性地体现出人对生活在一个世俗化的世界，亦即毫无宗教意义的世界里是怎样感觉的。但对于现代的读者，

269

主要的困难是在于他自己已过于世俗化了，看不出诗人说些什么。因此，诗人就想办法把读者置于类似圣杯故事中骑士的地位。那故事中的骑士必须追问他所见的一切事物的意义是什么，必须对显示给他的征象探询其意义，然后才能使灾祸消失。假如我们要体验这首诗——而不是仅仅被告知它的主题是什么，我们就必须注意我们读的一切具有什么意义。否则，我们将只看到一堆零乱的片断，它们可以被一个抽象而主观的结构联结起来，但不能在感觉的意义上统一起来。

前面说过，这首诗还使用其他的一些象征来描述现代世界，而且大量引用了文学典故。在下面的论述（可以看作是初步的轮廓）中，我们将大致限于探讨如下作品：《圣经》，莎士比亚，但丁以及居于我们文化中心的一些作品。在这初步的论述中，我们还将涉及读者大概是熟悉的作品：斯本塞的《结婚曲》，韦伯斯特的《葬歌》，哥尔斯密斯的《当美人儿做了失足的蠢事》和马威尔的《给他忸怩的女郎》。这些不足以说明全诗，但有助于我们认识到基本的主题。艾略特作为现代世界的特征所描写的一切，以前也出现过。《圣经·旧约·以西结书》的第二章，艾略特从那里引用了"人子呵"（第20行）描绘了一个完全世俗化的世界：

1. "他对我说：'人子呵，你站起来，我要和你说话。'"

2. "他对我说话的时候，灵就进入我里面，使我站起来，我便听见那位对我说话的声音。"

3. "他对我说：'人子呵，我差你往悖逆的国民以色列人那里去。他们是悖逆我的，他们和他们的列祖违背我，直到今日。'"

《以西结书》第三十七章描述先知所预见的一片荒原——枯骨的平原。他被问道："人子呵，这些骸骨能复活么？我说，主耶和华呵，你是知道的。他又对我说，你向这些骸骨发预言，说：枯干的骸骨呵，要听耶和华的话。"

《旧约·传道书》第十二章（艾略特在本诗第23行注中提到它）也描述了一片枯干有如梦魇的世界：

1. "你趁着年幼，衰败的日子尚未来到，就是如你所说，我毫无喜乐的那些年月未曾临近之先，当纪念造你的主。"

2. "不要等到日头、光明、月亮、星宿变为黑暗，雨后云彩返回。"

3. "看守房屋的发颤，有力的屈身，推磨的稀少就止息，从窗户往外看的都昏暗。"

4. "街门关闭，推磨的响声微小，雀鸟一叫，人就起来，唱歌的女子也都衰微。"

271

5."人怕高处，路上有惊慌，杏树开花，蚱蜢成为重担，人所愿的也都废掉：因为人归他永远的家，吊丧的在街上往来。"

6."银链折断，金罐破裂，瓶子在泉旁损坏，水轮在井口破烂。"

7."尘土仍归于地，灵仍归于赐灵的上帝。"

8."传道者说，虚空的虚空，凡事都是虚空。"在本诗第五章所写的景色中也暗示到这一景象。

现代的荒原也好似但丁的地狱。艾略特在第 63 行的注里，让我们参看《地狱篇》的第三章；在第 64 行的注里，要我们参看第四章。第三章描写一处居住着那些曾在世间"不受赞誉或责备地活着"的人们。和他们共同住在这地狱的前厅中的是这样一些天使："他们既不作乱，也不忠于上帝，而是为自己。"他们两面讨好，不介入任何行为。他们哀叹"没有希望获得一死"。尽管他们没有希望获得一死，但丁却轻蔑地说他们是"从没有活过的不幸者"。要想过真正的生活，就需要有为，而过分怕死的人是绝不肯有为的。《地狱篇》第四章所写的是这样一些灵魂：他们生时善良，但在基督福音传世以前死去。他们没有受到洗礼。他们是现代荒原上居住的两类人中的第二类：一类是完全世俗化的人，一类是没有获知信仰是什么的人。

记着这三种空虚和荒瘠的境界（即圣杯故事、《圣经》和但丁所描写的），我们就可以看看在本诗中是如何展开的。在第一章，在叙述者的脑中流过一个世界的浮影，这个世界是怠倦和怯懦的，无聊而不安，喜欢冬天的半死不活而规避春天生命力的激烈的复苏。这个世界害怕死亡，把它看作是最大的坏事，可是想到诞生又使它不安，而且把生和死看成是截然有别的。我们看到对这个世界的特点的思考（第1—7行，20—30行）杂以对某些特殊情景的回忆（第8—18行，35—41行）。在这之间，有片断的歌或回忆到的诗句。

这个世界害怕未来，渴望看到预兆和征象，尽管看到了也不会相信。主人公被算了一命，可是算命人告诫他的是"小心死在水里吧"，而不是那近似神的启示的警告，即第30行的"我要指给你恐惧在一撮尘土里"。

当主人公看到伦敦桥上成群的人在冬日早晨的雾里走去上班时，他想到但丁在地狱的幻景中所看见的那成群的死者。这些人在无目的的活动中是死了，并非活着。对繁殖之神进行埋葬的仪式，是由于相信他的精力将会复苏，犹如大自然的精力一样。而在这里，死者的葬仪没有带来复苏的希望。韦伯斯特《白魔鬼》里的《葬歌》（见第74行注）的引

273

语描绘了较早时代的葬礼，那景象该是恐怖的：一具没有友人的尸体由蚂蚁、田鼠和鼹鼠去照料；但是在韦伯斯特的诗里，这景象写得毫不可怕。尽管有狼，大自然被写为对人很友善。然而在本诗里，韦伯斯特的葬歌所构制的美却变为一种特殊的恐怖，而这恐怖的产生，是部分地由于把背景"驯服"了；不是在粗野的大自然，而是在近郊的花园；不是无人过问的尸体，而是"你种……的尸首"；不是人类之敌的狼，而是那家畜的狼——狗，纯出于友好之情把尸体掘出来。大自然被驯服并失去其恐怖感（敌对的狼转变为友善的狗），这是世俗化过程的一部分。

第一章里有一处狂喜和美的情景，那是回忆及风信子园外的一段事。它说到的那一刻不是半生半死，而是生命丰满的；可是主人公却要说在那一刻"我不生也不死"。这种说法尽管好像夺去了生机，但之所以如此，是由于把这一刻和魔法师看到幻象的一刻等同起来，因此它和荒原上的生中之死是决然不同的。试把这段里的"我说不出话来……什么都不知道"和下一章里的"你什么也不知道？什么也没有看见？"（第121—122行）相比较，这两段有完全不同的效果。

第二章在某种意义上是全诗最容易懂的。我们看到荒原上两种生活的侧影，描绘了处于社会两极的两个处女：一个是豪华居室中的女人，另一个是丽尔，她被两个伦敦朋友在酒馆里谈论着。但这两个女人都是幻灭而悲哀的；对于这两人，"爱"成了难题：一个情绪不好，扬言要冲到大街上去；而另一个呢，已经堕过一次胎，现在当丈夫退伍的时候，害怕又生孩子。两个都是荒瘠的女人，是现代世俗社会的精神荒瘠的象征。她们还代表现代世界的两个方面：贫民窟的堕落和客厅的神经质，虽然表面看来大不相同，却都是现代世界的精神溃败的体现。

第77—78行把客厅的女主人比作在西德纳河上初次呈现在安东尼面前的克柳巴（见莎士比亚的《安东尼和克柳巴》二幕二景190行）。可见屋中的豪华只不过反衬女主人生活实质上的空虚。室内陈设反映了富丽的文化遗产；可是这些征象对她毫无意义，过去对她是死了的；因此本诗在104行把室中的其他装饰以"时光的其他残骸断梗"一词作结而撇开。在她和坐在室中陪她的情人或丈夫之间没有真正的共感。她终于绝望地追问："你可是活着吗？你的头脑里什么也没有？"她在她的生活中看不出什么意义——除了单调的惯常行为："十点钟要热水。若是下雨，四点钟要带篷的车。"她的生活意义就像一盘棋戏那样人为规定的。

丽尔的生活在她的两个朋友喝啤酒时的谈论中，显出了

275

可怜的惨况。酒馆伙计越来越紧地以关门的通知催她们走，终于把这两个妇女赶出酒馆去。

河水主宰着本诗的第三章：先是现代的河，河岸上零乱地堆积着垃圾；接着是伊丽莎白时代的河，像斯本塞在《结婚曲》里所描写的，那河上举行过庄严的婚礼。主人公行经城市来到河沿，他又看到河，一条现代的河，洋溢着"油和沥青"；接着又是古代伊丽莎白女皇乘坐皇家游艇的河；接着我们又看到作为龌龊爱情的背景——现代的河。

在河的背景上提出的爱情主题，在本章的中心事件中得到明显的发展。这就是女打字员和满脸酒刺的年轻人的相会，他们的爱情只是生物机能的行为，除此没有任何意义。这种机械行为甚至反映在诗的格律上。那年轻的女人做了一件"失足的蠢事"，但她没有被骗之感，因为她没有幻觉，她不期望什么，因此也没有失掉什么。诗人把哥尔斯密斯（Oliver Goldsmith，1730？—1774）的诗《当美人儿做了失足的蠢事》从主题、情调和节奏的性质上都改写过，精彩地传达出对同一行为的两种截然不同的概念。她没有感到恐惧和悔恨。她什么也没有感到。她机械地用手理理头发，并拿一张唱片放在留声机上的这一动作，表示那件事对她是无所谓的。

276

菲罗美通过痛苦而获得歌喉，因被奸污而有了"神圣不可侵犯的歌声"（第101行）。这女打字员当然不是被强奸的，但也没有神圣不可侵犯的乐音——只有留声机上的机械的乐音。

第三章里还有一个极为重要的典故。那是莎士比亚《暴风雨》里的歌"你的父亲躺在五㖊深的地方"。在这支歌里，正如在菲罗美的故事中一样，都指出损害和丧失将被转化为富丽的美。在拜繁殖教中，死被转化为生命：种子被埋葬后重又生发为植物；神死了又复返。在莎士比亚的戏里，年轻的菲狄南王子在覆舟以后，在普罗斯波罗的岛边沮丧地游荡着，为他父亲的死而难过（第192行）。正走着时，他听到了阿瑞尔的歌"你的父亲躺在五㖊深的地方"，这在他听来不像是来自人间的音乐。他由音乐引导行进，发现了米兰达和爱情，以后又看到他的父亲还活着，而且因为有了岛上的经历而转变了。

这支歌的片断不断出现在诗中叙述人的脑中。在算命的那一段，提到淹死的腓尼基水手时，他想到了"那些明珠曾经是他的眼睛"（第48行）；在第二章，当他被问道："你什么也没有看见？什么也不记得？"他不可解地记起了"那些明珠曾经是他的眼睛"（第125行）。现在，当他在煤气厂后

277

漫步时，他想起菲狄南王子的悲哀的游荡，但是死亡没有使他看到白骨变为珊瑚或眼睛变为明珠。没有什么变为"富丽而奇异的东西"，只有干骨头"被耗子的脚拨来拨去的，年复一年"（第195行）。而那在水上从他身边流过的音乐（第257行）却是发自女打字员的留声机的。

在荒原的单调世界里，甚至时间也有了不同的特点。时间，它不像马威尔在《给他忸怩的女郎》一诗里那样被意识到是一种迫令人行动的殷切催促。马威尔在他的背后总听到"时间的有翼的车"；而本诗的主人公却"不时地听见汽车和喇叭的声音"（第197行），那伦敦市交通的嘈杂声。

在这一章里，或许有一个美而蓬勃有力的现代景色，这就是那在第260—265行里所描写的。由任（Wren）所修建的辉煌的殉道堂如今已围在鄙陋的房子中间；但是怨诉的四弦琴是"悦耳的"，鱼贩子们是生气勃勃的（"酒吧间内……发出嘈杂的喧声"），而教堂内还有"说不尽的爱奥尼亚的皎洁与金色的辉煌"。这里有一种生命感，和主宰其他景幕的那种半死半活不同。就本身的意义说，这些贫苦的鱼贩子有了生命力；就象征的意义说，他们和鱼——繁殖的征象——相关联。第三章以"烧"字结尾，它所描写的世界是一个被枯竭的人欲燃烧的世界。第四章的简短的抒情插曲与此形成对照：不是无意义的燃烧，而是淹死；不是半死，而是真死；不是干燥的小顶楼里的干骨头，而是海底的洋流低语地啄着的骨头。读者或许要把这一段仅仅看作是单纯的对比——是语调和情致上的变化。但这一段是被它以前的三章大大充实了的。扶里巴斯是叙利亚商人之一。这里的"水里的死亡"，正是索索斯垂丝夫人警告主人公要小心的。不管扶里巴斯在这里是否经历了"海里的变化，变为富丽而奇异的东西"，这里至少有一种和平与超脱之感。利润和损失不再烦扰他。他回到了一切生命之源的大海，而且甚至还有返本归原之感——"经历了苍老和青春的阶段"——仿佛他现在重历他从娘胎开始的历程。

这一章和第一章一样，以一个普通号召而结束："你们转动轮盘和观望风向的"——就是说，你们像扶里巴斯一样驾驶你们的船和观望天时变化的，你们以为是自己掌握着航程，并且自信不是无能为力地转动轮盘和毫无意义地兜圈子的——请不要忘记扶里巴斯一度和你们一样强大有力，却回避不了漩涡。死亡是一个回避不了的事实。

本诗的最后一章给人以经历噩梦景象的痛苦旅程的感觉。神已经死了。第 322—323 行暗示耶稣在客西马尼园中的受难，他被囚禁审判和最后死在十字架上；第 324—325

279

行暗示他在彼拉多面前的受审。"那一度活着的如今死了。"但是，对于不信奉他的人，他是在一种特别的意义上死了；那些无信仰者既然是荒原上的人，他们并不是真正活着："我们曾活过而今却在垂死，多少带一点耐心。"（第329—330行）

下一段暗示为干旱所苦的旅人陷于呓语中。叙述人总感到一个隐身人的存在。《路加福音》第二十四章记载，在耶稣被钉在十字架上后，有两个门徒在前往以马忤斯的路上，发现他们身边走着一个陌生人，这人以后显现为复活的耶稣。在本诗里没有这一显现，只有幻觉扩大为一个颠倒了的世界的噩梦幻景。城，像是在海市蜃楼中的倒影，"破裂，改正，又在紫红的空中崩毁"。钟楼是"倒挂在半空中"的，其中的钟声是令人"回忆"的，还有歌声发自"枯井"。

文明是崩溃了；现实和非现实好像混在一起。那个宣称"我要冲出去，在大街上走，披着头发，就这样"的女人（第132—133行）又出现了，"一个女人拉直她黑长的头发，就在那丝弦上弹出低诉的乐音"（第377—378行）。带着"婴儿脸"的蝙蝠和"发自空水槽和枯井"的歌声都指明一场无益的渴望的梦魇。

这一梦魇的旅程带有探索者走向"凶险的教堂"的旅程

的性质。那教堂是荒凉无人的，因此更显得充满凶兆。然而屋脊上的公鸡在闪电中叫；还有"随着一阵湿风，带来了雨"，预期着安慰。

电闪之后跟来了雷鸣。雷声是由拟声的字"哒"（Da）表现的。但诗人也利用它是如下梵文字"哒塔"（给予）、"哒亚德万"（同情）和"哒密阿塔"（节制）的头音。雷说的话包括了消灾的秘密。不愿意献出自己——不愿意承担责任——是和孤立之感及行动瘫痪相联的，而这两者正是荒原的特点。"给予""同情"和"节制"正是对这一困境的逐条的解答。

这几个字的每一字后的段落都是该字的解说，并把它和本诗前面的一些情况联系起来。人不能绝对地只顾自己。即使种族的繁殖也需要承担责任和奉献自己。活着就需要信仰生命以外的一些东西。

把自己奉献给自己以外的一些东西，这就是要超越人的基本的孤立处境的企图（不管是在性或其他方面）。我们每个人都是关闭在自己的思想和感觉的个人世界里的，正像乌戈里诺伯爵关在他的城堡里一样（见但丁《地狱篇》第三十三章）。失意的考瑞雷纳斯"只能"有"一刻"复苏（考瑞雷纳斯是傲慢的象征，见莎士比亚的同名剧本）。

281

雷的第三个指示（第418行）的解说，即响应"水里的死亡"，又和它形成对照。这里的水手不像那淹死的水手扶里巴斯那样无所作为，只随着洋流起落，而是整个主宰着小船，仿佛它就是他自己的意志的扩展。它"欢快地响应"着，说"你的心会欢快地响应"，这意味着心还没有做到。叙述人是处在逆境中。"要给予"这一指示引起他问道："我们给予了什么?""要同情"这一指示使他想起他曾听见钥匙"只转动了一下"。钥匙必须转动第二下，他的牢门才能打开。

诗人用梵文字来解释雷鸣，从而把他的引证推向人类最早的历史。在吠陀经《优波尼沙土》里有着关于雷的指示的神话；因此，古代的智慧是包容在原始的语言中，而现代的欧洲语言大都是从那语言引申出来的。

但是，本诗不是以令人复苏的降雨而告终。它的主旨在于使现代荒原的经验得以印证，因此把荒原保持到底。叙述人获知了古代智慧，这件事本身并不能消除普遍的灾祸。不过，即使世俗化已经或可能摧毁现代文明，叙述人还有他自己的个人义务要履行。即使伦敦桥崩坍了，"是否我至少把我的园地整理好?"

主人为支撑他的荒墟而捡起"碎片"（第430行），仿佛对本诗做了一个艰难的、不够满意的结尾。但如果我们知道这些碎片是从哪儿引来的，其来源的总体是什么，我们就会看到，尽管它们标志着主人公的绝望处境，它们并不仅仅是一堆杂乱的东西：它们堆在他的荒墟上是有着某一宗旨的。第 427 行"于是他把自己隐入炼狱的火中"，这是但丁《炼狱篇》中诗人阿脑特所说的话。他对但丁说："我是阿脑特，又哭泣又行走作歌；在脑中我看见我过去的疯狂，我又欢欣地看到我所期待的未来的日子。"他的痛苦不是无意义的，他欢欣地退到炼狱的火中。[2]

第 428 行（"何时我能像燕子"）是从一首晚期拉丁诗《维纳瑞斯之夜》引来的。那首诗也是以希望的调子结束，其叠唱句是："明天，但愿那未曾爱过的和已爱过的人都有爱情。"

第 429 行（"阿基坦王子在塌毁的楼阁中"）是从吉拉得·德·诺瓦尔（Gerard de Nerval）的十四行诗《被废谪的人》引来的。那首诗结尾的几行译出如下："我曾两次胜利地渡过阿克隆河（冥府的河）；在奥弗斯的竖琴上我分别弹出圣徒的悲叹和仙子的哭泣。"和他一样，《荒原》的主人公也来自地狱。塌毁的楼阁就是"凶险的教堂"，它也是整个衰败的传统。主人公决心恢复和重建他的传统。第 431 行的

"当然我要供给你"取自伊丽莎白时代的戏剧《西班牙的悲剧》，这剧的副名为《海若尼莫又疯了》。海若尼莫为了替被害死的儿子报仇而装疯。当他被要求写一出戏给宫廷演出时，他答道：

> 当然我要供给我；别再说了。
> 我年轻的时候，脑子里想的
> 和我做的都献给无益的诗了；
> 虽然教授认为受惠不多，
> 可是这个世界却挺喜欢它。

他看到这出戏会给他提供一个难得的机会来为他被谋害的儿子复仇。和海若尼莫一样（也和阿脑特和被废谪的人一样），本诗的主人公现在找到了他的主题；他将要做的事不是"无益的"了。

海若尼莫的戏是以各种外文写成的部分组成（本诗的结尾也是集合了各种外文的引语）。当廷臣们指责说，这种办法把一出戏弄成了"仅仅一团糟"时，海若尼莫仍不予理会；他的怪主意终于被采纳了，这多半是由于迁就他的疯狂。

诗人此处的写法可能同样显得是发疯，全诗以"仅仅一团糟"而结束。但如果我们看到本诗是涉及一种文化的崩溃，并看到许多文化都归到一个主题上这一重要事实，这种写法就是可以理解的。这样结尾还有一个理由：主人公意味到全诗收尾的一些话在许多人看来是毫无意义的胡言乱语，尽管其中有着最古老最永恒的人类的真理[3]："哒嗒。哒亚德万。哒密阿塔。"还有一串雷鸣："善蒂，善蒂，善蒂。"艾略特的注释告诉我们，这里重复的梵文字的意思是"超乎理解的和平"。

在本文以上的解释中，我们略过了许多隐喻和用典的地方。这些将在后面注出。不过，关于本诗主题的开展最好尽可能简述一下，以便使读者自己做一种练习，把其他象征和隐喻的地方调和起来。

对读者说，更重要的是尽可能清楚地看到本诗如何作为诗而感人，而不是仅仅得到本诗的详细的意译就算。为了这一目的，也许最好是在读者对某些次要隐喻的确切用意试图仔细寻索以前，先说明一下本诗中典型的关联和对比。

《荒原》使用的基本手法如下：诗人借助表面的类似而实则构成事实上讽刺的对比，又借助表面的对比而实则构成事实上的类似。这两方面合起来所引起的效果，是把混乱的

285

经验组成一个新的整体，而经验的现实的外表还是忠实地保留着。经验的复杂性并没有因为显然强加于它的一个预先规定的设计而被破坏。

《死者的葬仪》里的占命一段诗能恰当地说明这一总的手法。在诗的表面上，诗人写出江湖术士索索斯垂丝夫人对它的使用形成了对比。然而每个细节（以占命者的空谈来衡量是有其现实性的）在全诗的总内容中都具有新的意义。被二十世纪读者讥笑看待的占命随全诗的发展而变为灵验的——当然不是索索斯垂丝夫人所意味的那种灵验。因此，表面的讽刺被反过来，成为更深一层的讽刺。她的谈话的几个项目，就其谈话的前后联系看，只有一个涵义："有三根杖的人"，"独眼商人"，"成群的人在一个圈子里转"，等等。可是若与其他意思联系起来，它们便具有了特殊的意义。总括说来，本诗的所有重要象征都归列在这里了；但在这里，在它们被明显地串联起来的这唯一的段落里，这串联是无力和偶然的。只有从整个内容来看才看到的那更深的联系，是随着诗的发展而显现出来的——而这，当然，正是本诗所要追求的效果。

把细节从一个"单纯的"上下文转移到另一个内容里，从而使它饱含深意，并且改变了原意——这种转移可以说明本诗的许多文学用典。例如，"菲罗美的变形"只是《一局棋戏》开头描写的室中陈设的一个项目，可是时态的突然改变——"她还在啼叫（过去时态），世界如今还在追逐（现在时态）"——使它成为现代世界的注解和象征。在全诗里，对它的一再影射逐渐把它和本诗的主题等同起来。采用莎士比亚《暴风雨》的典故显示了同样的手法。但丁的地狱和圣杯故事里的荒原是相当近似的。第一次引用阿瑞尔的歌不过基于不相关的下意识的联想："这里是你的牌，淹死的腓尼基水手，（那些明珠曾经是他的眼睛，看！）"这个典故第二次出现在《一局棋戏》里的时候仍不过是作为主人公的玄想中的一个项目而已。甚至在"我……对着污滞的河水垂钓，沉思着我的王兄在海上的遭难"和随后的诗行里，把《暴风雨》的象征和圣杯故事相联系也仅仅是讽刺性的。但这联系是建立起来了，尽管它好像是为反讥讽而形成的；而当我们读到《水里的死亡》和其中改变了的语调时，这联系则被正面地确定下来。我们似乎从表面凑合起来的材料得到一种启示感。

　　自然，这个总过程的另一方面是个性的相互融合。伊丽莎白女王和海倍里出生的女子都在泰晤士河上游览，一个是在皇家游艇上，一个仰卧在小独木船里。这女子是泰晤士的

287

穆旦译作选

仙女，她被强奸了，因此类似那同样被粗暴污辱的莱茵河的仙女。无论是人物还是其他象征，它们之间的表面联系可能是偶然的，看来微不足道的这种联系或者是为了讥讽，或者通过随意的联想或幻觉；可能是更深一层的关系却在诗的总内容中显示了出来。其效果是给人以经验的统一感，各时代的统一感；与此同时，还会感到总的主题是从诗里逐渐产生出来，它不是强加的，而是逐渐呈现的。

这些类似和对比的复杂交错自然造成晦涩，不过这种晦涩部分地应归因于诗人忠于经验的复杂性。一些象征简直不能和一个单纯的意思等同起来。举例说，"岩石"在全诗里似乎是"沙漠"的象征之一。"干石头发不出流水的声音"，荒原上的女人是"岩石的女人"，而最突出的是，在《雷说的话》里有一长段呓语："这里没有水只有岩石。"它的大概意思是如此；可是在《死者的葬仪》里又有如下诗句："只有一片阴影在这红色的岩石下，（来吧，请走进这红岩石下的阴影）。"岩石在这里是避居的地方。从死得生的这一反义是贯穿在这一象征里了。

还有一个更明显的例子说明对象征的两可的采用。请看一看风信子女郎的那些诗行。那里的形象显然给人以生命的富丽之感。那是狂喜的一刻（基本的形象显然是有关性欲的）；但那一刻的强烈像是死亡。主人公在那一刻"看进光的中心，那沉寂"，因此他看到的不是丰满，而是空虚，他"不生也不死"。生命的征象也意味着一种死亡。这种双重作用自然扩展到一整段。例如，请看："而酒吧间鱼贩子们正在歌午……还有殉道堂：在它那壁上是说不尽的爱奥尼亚的皎洁与金色的辉煌。"这一段的作用在于指出宗教已进入困境。辉煌的教堂现在是被贫民区包围着了。但是，它也有一个反效果：在教堂旁"下泰晤士街的酒吧间"里的鱼贩子们过着有意义的生活，而这生活对于世俗文化的中上阶层却不存在了。

无疑地，这篇诗中每个象征如果只有一个确定意义，它会"清楚"一些；但它也就会粗浅些，忠实得差些。因为诗人不能满足于展示一个说教的暗喻，把一层平面的象征直接加添到全局的总和里去。他使用的象征是主题的一些戏剧化的例子，其本身的性质即体现了主题的基本上的反义（似是而非）。

我们把诗人说得好像是一个要从敌意的听众取得认可的战略家。当然这只是在某种意义上是如此的。诗人自己既是叙述人也是听众；我们如果就诗人的诚实而非其他的策略来立论，那将把问题说得更确切些。作为一个完全是他自己时代的人，他只能在谈及基督教复兴的困难时，才能不虚假地表明他对基督教传统的态度；而作为气质上诗人成分远多于宣传家成分的人，他只能在具体地戏剧性地表现他的主题时才能是真诚的。

把这一件事再换一个说法：对诗人来说，基督教的术语已是一堆陈词滥调。无论他认为这些术语如何"真实"，他仍然体会到，它们在表面上看来只能是陈词滥调，而他的办法必须是一个使它们重新获得生命的过程。因此，《荒原》采用的手法是粗暴而激烈，但又是完全必要的。因为，要把已被一层熟稔之膜盖住的象征加以更新和恢复其生命力，就必须有我们在讨论个别段落上所曾提到的一种结构：即陈述表面的相似，而这些相似又讽刺地显示为不相似；又把看来显然不同的事物联系起来，终至后来领悟到它们的不同只是表面的，而事实上相似是基本的，并串起了那一切。就这样，信仰是通过紊乱和冷嘲而宣布出来，并不是撇开它们而宣布的。

注释：

1　本文译自克里安斯·布鲁克斯和罗伯特·华伦合著的《理解诗》(*Understanding Poetry*)，1950 年。

2　泰晤士河的第三个女儿（第293—294行）也反映了《炼狱篇》的一段话，即第五章中庇雅的话，但这里引证《炼狱篇》提示了一个讽刺的对照。因为，和阿脑特的受难一样，庇雅的受难是一次净化作用；她抱着希望，而泰晤士河的第一个女儿是怀着沮丧和绝望说话的。

3　参见艾略特后来的诗剧《家族的重聚》。在该剧结尾时哈里说："难办的是，当一个人刚刚恢复清醒而又不十分肯定自己是清醒的时候，那时在别人看来，他好像才是最疯狂的。"

题注[1]

　　作者自注："不仅本诗的题名，而且连它的规划和大部分偶然的象征都受益于杰茜·韦斯顿（Jessie L. Weston）关于圣杯故事的一本书《从祭仪到罗曼斯》（*From Ritual to Romance*）的启发。确实，我的受益之深，使得韦斯顿女士的书比我的注解更有助于解说本诗难懂的地方；我向凡认为本诗值得费力加以解说的人推荐这本书，且不论它本身的引人入胜之处。总的说来，我还受惠于另一本人类学著作，那曾深深影响我们一代人的著作；我是指福莱色的《金枝》（James Fracer：*The Golden Branch*）；我特别使用了其中的两卷：阿童尼·阿蒂斯，奥西里斯。任何熟悉这几卷的人会立刻在本诗中看到对拜繁殖仪式的引用。"

　　本诗的题辞引自古罗马作家佩特罗尼乌斯（Petronius,？—66）的讽刺作品《沙特里康》（*Satyricon*）。

西比尔是能做预言的女人，为太阳神阿波罗所爱。她向阿波罗要求长生，阿波罗给了她一千年，但她忘了要求给她青春，因此活得虽长，但处于毫无青春活力的状态中。

第 9 行：斯坦伯吉西是德国南部慕尼黑城附近的一个湖，是游览胜地；这里可以被认为是欧洲文明的中心地带，因此艾略特以它为背景来描写现代的荒原。

第 10 行：郝夫加登是慕尼黑的一个公园。

第 12 行：这一行原诗为德文，表示是操德语的人说的。

第 13—18 行：前四行是餐室中一个名叫玛丽的女顾客说的话。第 17 行是另一人的话。第 18 行又是一个顾客的谈话。诗人用以上这些人谈话的片断来表示他们是荒原上没有根的人。

第 20 行："人子呵"引自《圣经·以西结书》。在那里，耶和华从天上对以西结说："人子呵，你站起来，我要和你说话。"采用《圣经》的口吻表示自第 21—30 行的教诲带有启示的性质。

第 23 行：这里仿照了《圣经·传道书》第十二章中对古代没有信仰的世界的描写。那里写道："人怕高处，路上有惊慌，杏树开花，蚱蜢成为重担……"

第 25—26 行：参看《圣经·以赛亚书》第 32 章里提到救世主的这样一段话："必须有一个人像避风所和避暴雨的

隐蔽处，又像河流在干旱之地，像大岩石的影子在疲乏之地。"

第31—34行：这四行原诗为德文，引自瓦格纳的歌剧《特里斯坦和伊索得》第一幕。特里斯坦护送伊索得乘船去爱尔兰，要把她献给她所不爱的马克王为后。这四行是船上水手所唱的歌，在他唱歌的时候，特里斯坦和伊索得还没有误服下爱情的迷药。在服下迷药后，他们便终生相爱，历经苦难。

第35行：风信子花是繁殖仪式里复活了的神的象征。

第42行："荒凉而空虚是那大海"，原诗中为德文，引自《特里斯坦和伊索得》第三幕。特里斯坦受伤后等待伊索得来相会，他在岸边问守望的人，是否海上有船载来伊索得，但守望的人回答说："荒凉而空虚是那大海。"诗人有意在这德文歌剧的两段引文中间夹着风信子花女郎的现代爱情插曲，以造成今昔的对比。

第46行：作者自注：我不太清楚泰洛纸牌（Tarot Pack of Cards）的确切组成，我显然没有考虑它，只是取来以适应我的需要。那绞死的人是这套传统纸牌里的一个人物，他从两方面说适合我的主旨：一因为在我的脑中他和福莱色（即《金枝》的作者）的被绞死的神联想在一起了，二因为我把他和本诗第五章中两门徒到以马忤斯的路上看见的蒙头巾的人相联系起来。腓尼基水手和商人以后还出现，还有

293

穆旦译作选

"成群的人"以及"水里的死亡"也在第四章里出现。"有三根杖的人"（确系泰洛纸牌中的一张）被我很武断地和渔王联系在一起了。按，腓尼基水手象征繁殖的神，繁殖神像每年要扔在海中表示夏季的死亡，以便迎来下一年的春天。

第 48 行：引自莎士比亚《暴风雨》中的丧歌：

> 你的父亲在水下有五㖊深，
>
> 他的骨头已变成了珊瑚；
>
> 那些明珠曾经是他的眼睛。
>
> 他的一切都没有变腐，
>
> 而是经历了海里的变迁，
>
> 变为富丽而奇异的什物，
>
> 海仙每小时敲他的丧钟：
>
> 叮——当。
>
> 听！现在我听到了它：叮当的钟。

第 49 行：贝拉唐娜（Belladonna），意大利文，意为美女，同时也是一种有毒的花。岩石的女人，指意大利文艺复兴时期画家达·芬奇的一幅画《在岩石中的圣玛利亚》中的圣母玛丽亚；一说这是同一画家的《蒙娜丽莎》那幅画。

第 51 行：轮盘，指命运之轮，也可能是指佛教中的轮回。

第52行：独眼商人，这是纸牌上画的侧脸，只呈现一只眼睛。联系到第209行的商人尤金尼迪先生，"独眼"暗示占卜者的作用退化了。如索索斯垂丝夫人是患了"重感冒"，和独眼商人同样是不灵验的。

第53行："是空白的"，是指有人肩负着秘密，不让人看见。

第55行："绞死的人"，是为了复生、繁殖而被处死的神，包括基督和渔王。

第60行：作者自注："参见法国诗人波德莱尔的诗：

'这万头攒动的城，充满梦的城，

鬼魂在白天就缠着过路的人。'"

第63行：作者自注："参见但丁《地狱篇》第三章第55—57行：

'这样长的

一串人，我没有想到

死亡毁灭了这么多人。'"

第64行：作者自注："参见但丁《地狱篇》第四章第25—27行：

'这里没有抱怨的声音

可以听见，除了叹息

震撼着永恒的天庭。'"

第66行：威廉王大街，位置在伦敦桥以北，直到伦敦的市区中心。

第 67 行：圣玛丽·伍尔诺教堂在威廉王大街和伦巴得街的街角。

第 70 行：史太森是帽子的商标名，这种帽子当时很流行，这里用来指任何一个穿着漂亮的普通人。

麦来，地名。纪元前 200 年罗马与迦太基曾在此进行海战。主人公招呼过路的朋友似应提及他们在第一次世界大战中的共同经历，而此处却提了这次古代战争；这种时间上的颠倒表示古代战争和现代战争毫无二致，都是毫无意义的。

第 74 行：作者自注："参见韦伯斯特（英国十七世纪剧作家）《白魔鬼》里的《葬歌》：

> 唤来那些鹪鹩和知更，
> 因为它们在林丛间飞翔，
> 并且把花朵和叶子盖上
> 那无亲无友的暴露的尸身。
> 再把田鼠、鼹鼠和蚂蚁
> 唤来参加哀悼他的葬礼，
> 给他筑起小山，保他温暖，
> 而且招惹不了盗墓的危险。
> 但千万把狼撑开，那是人类之敌，
> 不然它的爪子会把他们再掘起。"

本诗在引用后两句时，把狼换为犬（Dog），这个字有两个含义，既指狗（人类之友）也指犬星座，传说这是使尼罗河两岸肥沃的星座，在这个意义上它也是"人类之友"。

第76行：原诗为法文。作者自注："此行引自法国诗人波德莱尔的《恶之花》序诗。"按，波德莱尔的诗句指出，厌倦一切是城市中人的通病，作者也不例外。这里用直接向读者招呼的方法，作者将自己和读者都戏剧性地牵涉进荒原里来。

第77行：作者原注："参见莎士比亚的《安东尼与克柳巴》第二幕一景190行。"莎士比亚原句如下：

"她所坐的大船，像发亮的宝座
在水上放光。"

第97行："田园景色"，作者原注："这一词引自弥尔顿的《失乐园》第四章190行。"该行中用这一词描写伊甸乐园的山头。

第99行："菲罗美的变形"，见罗马诗人奥维德（公元前43—公元18）的《变形记》。那里说，粗暴的国王特鲁阿斯去接妻妹菲罗美，见她美丽，便在山洞中强奸了她，并把她关在里面不许出来。他回去告知妻子普洛克尼，假称她妹妹已死。菲罗美把自己伤心的故事织成一幅锦绣，托人带给姐姐。普洛克尼一怒把儿子杀死给特鲁阿斯吃，特鲁阿斯知道这事后，便拔刀追杀姊妹二人，她们变成鸟飞去。菲罗美

297

变成夜莺，她姐姐变成燕子。

第103行："唧格，唧格"，英国十七世纪伊丽莎白时代的文学中常用这种声音形容夜莺的歌唱。它同时也是带有猥亵意义的俚语。

第118行：作者原注："参见韦伯斯特《魔鬼的公案》：'风还在那门下么？'"按，这句话是剧中一位医生看到一位被谋杀的人还在呼吸时问出的。

第128行：作者这里说的是一首1912年风行于英国的爵士乐曲。"莎士比亚"拼成"莎士比希亚"是为了符合爵士乐的节奏。

第137行：据艾略特注，此处参看英国十七世纪戏剧家米突顿的戏《女人，要当心女人呀》。在这出戏里，邻妇约一个寡妇来下棋，是为了留下她的儿媳在家被公爵诱奸。该戏在下棋的攻守中也暗示出诱奸的情况。

第141行：这是英国酒馆伙计在要关门时催顾客走的呼唤。

第172行：这一行引自莎士比亚的悲剧《哈姆雷特》四幕五景。因父亲被杀而悲哀发疯的少女奥菲利亚，在唱完她悲凄的歌后，和室中人一一告别。她和菲罗美一样，化悲痛为歌声。这里把她的告别辞和酒馆顾客们彼此间的告别讥讽地合在一起了。

第176行：这一行引自英国十六世纪诗人斯本塞的《结

婚曲》。那里形容了泰晤士河的快乐景象。这一行是斯本塞原诗每一段的叠唱词。

第182行：莱芒湖在瑞士日内瓦。《圣经》中《诗篇》137歌有类似的话，那是被囚在巴比伦的人因想念耶路撒冷的圣山而坐在河边哭泣。现代荒原上的人也正是被囚禁的人。

第191行：艾略特注："参见莎士比亚《暴风雨》一幕二景。"其中菲迪南王子在听到阿瑞尔的歌后，说道：

> 这音乐在哪里？地上还是空中？
> 它没声音了。它准是在等候
> 给岛上的神听。坐在岸上，
> 再次哭泣我父王的沉舟时，
> 这音乐在水上从我身边流去……

第196行：作者自注："参见马威尔（Andrew Marvell，1621—1678）的《给他忸怩的女郎》。"诗中有这几行：

> 然而在我的背后我总听见
> 时间的有翼车驾飞驰近前，
> 而远方我们所能看到的
> 只是巨大的永恒底荒原。

第 197 行：作者自注："参见台（John Day）的《蜜蜂的议会》：

> 突然间，你留神就会听见
> 号角和行猎的闹声，那将带来
> 阿克塔恩在春天里会见狄安娜，
> 那时谁都会看见她赤身露体……"

阿克塔恩是猎人，因为看见贞洁女神狄安娜沐浴而被变为鹿，又被自己的猎犬咬死。在这里，阿克塔恩变为斯温尼，狄安娜变为不贞洁的鲍特太太。

第 199 行：作者自注："我不知道这几行所来自的民歌源出何处，它是有人从澳大利亚悉尼市告知我的。"

第 202 行：原诗为法文，引自法国诗人魏尔伦（P. Verlaine, 1844—1896）的《帕西法尔》。帕西法尔的故事是圣杯故事之一。在瓦格纳同名的歌剧里，帕西法尔找到圣杯并治愈安弗塔斯（渔王）以前，在圣杯教堂里先有童男女歌唱颂扬耶稣。

第 204 行：参见第 103 行。

第 205 行：参见第 99—100 行。这里暗示斯温尼和鲍特太太的关系。

第 206 行："特鲁"模拟夜莺的叫声，暗示奸污菲罗美的特鲁阿斯王。

第207行：参见第60行。

第209行：斯莫纳是土耳其西部一海港，那里生产葡萄干。艾略特曾说过这是真事，他确是遇见过这么一位商人。

第211行："托运伦敦免费"，指葡萄干的标价，在运去伦敦时是运费和保险费不计价的。"见款即交的提单"指见票即付的支票付款后，提货单即交予买主。

第214行：大都会是游览城市布里敦的豪华旅馆。布里敦离伦敦60英里。

第218行：提瑞西士，古希腊的盲先知。悲剧家索福克勒斯在《俄狄浦斯王》剧中曾写到他。当底比斯的土地受到诅咒（另一个类似的荒原），是提瑞西士找到了诅咒的原因。他有着"干瘪的女性的乳房"，是指：传说他被神变为女性，七年后又变为男人。他看到"在这沙发式床上演出的一切"，一种繁殖行为变为没有意义的行为了。艾略特注解说："提瑞西士虽然只是旁观者而非'角色'，却是本诗中最重要的人物，他结合了其他一切人物。正如独眼商人、葡萄干推销员，都融入腓尼基的水手，而这水手又和那不勒斯的菲迪南王子（莎士比亚《暴风雨》中的角色）无大差别。同样，一切女人都是一个女人，而这两性又都汇合在提瑞西士身上。提瑞西士所见的，事实上就是本诗的主体。"

第221行：作者自注说他写这一行时想到了"港岸边"

或驾渔舟黄昏时返回的情景。这一行近似古希腊女诗人莎弗的诗："金星呵，你把灿烂的黎明散开的一切聚回来；你把绵羊、山羊和孩子带到母亲跟前。"这一行也使人想起斯蒂文森（Robert Louis Sterenson）的《镇魂曲》诗中的句子：

"水手回了家从海上而来。"

第 234 行：勃莱弗（Bradford），英国北部的工业城市。那里多大战中投机致富的暴发户。

第 245 行：他曾在底比斯城墙边的市场上，预言俄狄浦斯王的悲惨下场，见索福克勒斯悲剧《俄狄浦斯王》。

第 246 行：作者自注："在荷马史诗《奥德赛》中，奥德赛曾在阴间见到提瑞西士。"

第 253 行：作者自注："参见哥尔斯密斯（英国十八世纪作家）《威克菲尔牧师》中被引诱的奥利维娅的歌。"按，歌中说：

> 当美人儿做了失足的蠢事，
> 发现男人的负心已经晚了，
> 什么魔符才能使她消愁，
> 怎样才能把她的污点洗掉？
>
> 唯一的妙法既为她文饰，
> 又在众目下使她躲过羞耻，

还能为她的恋人带来悔恨，

绞得他心疼——那就是，去死！

第 257 行：引自《暴风雨》一幕二景。见第 191 行注。

第 258 行：河滨大街是伦敦的商业中心。维多利亚街连接金融城和维多利亚码头。

第 260 行：下泰晤士街和伦敦的鱼市并列。

第 264 行：作者自注：殉道堂的内部装饰，据我看是任 (Sir Christopher Wren，1632—1723) 的内部装饰杰作之一，教堂建于 1676 年。

第 266—306 行：这以下是泰晤士河三女儿之歌，仿照了瓦格纳的歌剧《神的末日》（Gotter dämmerung）中莱茵河女儿之歌。莱茵河的仙女因为莱茵河里的黄金宝藏而欢快，后来因它被盗而哀诉；同样，泰晤士的女儿先是歌唱泰晤士河曾有过的欢畅，自第 296—306 行则歌唱它遭到的损害。

"喂呵啦啦，咧呀"等是莱茵女儿的叠唱声。（从第 292—306 行她们三人各唱一段。）

第 276 行：犬岛，伦敦东部由于泰晤士河道弯转而形成的一个半岛。

第 279 行：莱斯特是十七世纪英国女皇伊丽莎白的宠幸。据记载，女皇曾和他在游艇上调笑。莱斯特甚至说如女

303

皇愿意，他们很可能结婚。

第 293 行：海倍里在伦敦北部近郊，瑞曲蒙和克尤，在泰晤士河西段上，是人们喜欢去划船的地方。这一整句话仿但丁《炼狱》篇中类似的一句："西阿纳生我，毁我的是马瑞马。"

第 296 行：摩尔门是伦敦市内金融城的贫民窟。

第 300 行：马尔门是泰晤士河口的游览地。

第 307 行：作者自注："引自中世纪主教圣·奥古斯丁的《忏悔录》：'于是我来到迦太基，那里有一锅淫乱的爱情在我耳边歌唱。'"

第 308 行：引自释迦牟尼的"火的说教"。由下列片段可见其梗概："僧众呵，一切事物在燃烧。……僧众呵，眼睛在燃烧；可见之物在燃烧……我对你们宣告，它为情欲之火所燃烧，为愤怒之火所燃烧……耳在燃烧……舌在燃烧……"

第 309 行：作者自注："仍引用奥古斯丁的《忏悔录》。把东方和西方的禁欲主义的两个代表并列在这里作为本诗这一章的顶点，并不是偶然的。"扶里巴斯要淹死在水里，已由第一章里的命相家索索斯垂丝夫人预言过。这几行基本上是艾略特早年的一首法文诗《在饭店内》结尾的译文。对这一章在全诗中的作用，评论家有不同的看法，有的认为他的死是为了重生，如同代表繁殖的神那样；另外的人则认为他的死意味着灭绝，并没有重生的希望。

第 328 行：指耶稣在客西马尼园（Gethsemane）中被捉、囚禁、受审和遇难。

第 357 行：作者自注，说这是他在加拿大魁北克看见的一种画眉鸟，并且引用一本讲鸟的书说，它似流水声的歌唱是值得赞赏的。

第 367—377 行：作者自注：引海尔曼·赫司（Hermann Hesse，1872—1962）《混乱一瞥》（1920）中的一段："欧洲的一半，至少东欧的一半，已经走向混乱，沉醉于神圣的疯狂，沿着悬崖的边缘前进，如同德米特里·卡拉马佐夫（指陀思妥耶夫斯基小说中人物——译注）那样唱着醉酒的圣歌。震惊的资产阶级嘲笑这些歌；圣人和先知则流着泪听。""慈母悲伤的低诉"指悲悼耶稣的妇女，也可能指为其他繁殖神的死亡而哭泣的妇女。

第五章：作者自注："在第五章的第一部分里使用了三个主题：即赴以马忤斯的旅程，到'凶险的教堂'（见韦斯顿的书）和东欧目前的衰败。"

第 368 行：自此以下几行，可参见艾略特的《家族的重聚》："在人群密集的沙漠中突然的孤独/许多人在浓烟中移动/没有方向，因为没有任何方向/能引到任何地方，而只有围着烟雾团团转。"

第 378 行：这里就是本文所引《传道书》第四章中的"唱歌的女子"。

第 380 行：紫色是礼拜式上用以代表忏悔的。参看第
220 行和第 373 行。

第 388 行：此处的教堂指"凶险的教堂"。在寻求圣杯
的传说里，骑士要经过一座凶险的教堂，好比但丁《神曲》
中的炼狱，经此而达到生命的顶峰。

第 392 行：据信公鸡是驱邪的。

第 398 行：喜马万山即喜马拉雅山脉。

第 402、412、419 行："哒嗒"，"哒亚德万"，"哒密阿
塔"，这是取自梵文经典《优波尼沙土》的三个字，意即
"给予""同情""节制"。

第 408 行：作者自注："参看英国剧作家韦伯斯特的
《白魔鬼》五幕六景：

'……他们会再结婚

在蛆钻出你的尸衣以前，在蜘蛛

为你的墓碑结一层薄幕以前。'"

第 412 行：作者自注："见但丁《地狱篇》第三十三章
第 46 行，又参见布莱得雷（F. H. Bradley）的《表相与实
体》一书如下一段：'我的外部感觉正如我的思想感情，同
样是我自己的。在任一情况下，我的经验都不出我自己的圈
子，这圈子对外界是闭绝的；而且，其自身内的一切因素既
相同，每个圆体对环绕的其他圆体都是不透明的……简言
之，作为出现在一个灵魂中的存在，整个世界对那个灵魂说

就是私有的，它对每人说都是特殊的。'"

第 417 行：考瑞雷纳斯是莎士比亚同名戏剧中的英雄人物，以骄傲和盛气凌人而致失败。

第 425 行：作者原注："见魏士登《从祭仪到罗曼斯》有关渔王的一章。"

第 427 行：这是一首流行的英国民歌的第一行。

第 428 行：见但丁《炼狱》第二十六章第 148 行。

第 429 行：燕子是夏天的鸟。菲罗美的姐姐普洛克尼即被变为燕子。参见第 100 行。

第 430 行：作者原注："见奈尔法尔（Gérard de Nerval，1808—1855）的十四行诗《不幸的人》。"在诗中，诗人自比在塌毁的楼阁中的阿基坦王子。

注释：

1 这里的注解，是混合了作者自己的经过选择的注解，布鲁克斯和华伦的注解和译者加添的注解而成的。上面布鲁克斯和华伦的文章内已详为说明的地方，这里就从略了。

W・H・奥登

在战争时期[1]

他被使用在远离文化中心的地方，

又被他的将军和他的虱子所遗弃，

于是在一件棉袄里他闭上眼睛

而离开人世。人家不会把他提起。

当这场战役被整理成书的时候，

没有重要的知识在他的头壳里丧失。

他的玩笑是陈腐的，他沉闷如战时，

他的名字和模样都将永远消逝。

他不知善，不择善，却教育了我们，

并且像逗点一样加添上意义；

他在中国变为尘土，以便在他日

我们的女儿得以热爱这人间，

不再为狗所凌辱；也为了使有山、

有水、有房屋的地方，也能有人烟。

注释：

1　本诗为《在战争时期》第十八首。——编者注

美术馆

关于痛苦他们总是很清楚的，

这些古典画家：他们深知它在

人心中的地位；深知痛苦会产生，

当别人在吃，在开窗，或正作着

　　无聊的散步的时候；

深知当老年人热烈地、虔敬地等候

神异的降生时，总会有些孩子

并不特别想要它出现，而却在

树林边沿的池塘上溜着冰。

他们从不忘记：

即使悲惨的殉道也终归会完结

在一个角落，乱糟糟的地方，

在那里狗继续着狗的生涯，

　　而迫害者的马

把无知的臀部在树上摩擦。

在勃鲁盖尔的"伊卡鲁斯"里，比如说：

一切是多么安闲地从那桩灾难转过脸：

农夫或许听到了堕水的声音

　　　　和那绝望的呼喊，

但对于他，那不是了不得的失败；

太阳依旧照着白腿落进绿波里；

那华贵而精巧的船必曾看见

一件怪事，从天上掉下一个男童，

但它有某地要去，仍静静地航行。

题注

　　本诗的主题是：人对别人的痛苦麻木无感。诗人在美术馆里看到勃鲁盖尔（1525—1569，尼德兰画家）的油画《伊卡鲁斯》，深感到它描绘的正是这一主题。"伊卡鲁斯"是希腊神话中的人物，他和他的父亲自制翅膀飞离克里特岛，在飞近太阳时，他的翅膀由于是用蜡粘住的，熔化了，他也跌落海中死去。诗中描写的景色大多是勃鲁盖尔画中所有的。

悼念叶芝

（死于 1939 年 1 月）

一

他在严寒的冬天消失了：

小溪已冻结，飞机场几无人迹，

积雪模糊了露天的塑像；

水银柱跌进垂死一天的口腔。

呵，所有的仪表都同意

他死的那天是寒冷而又阴暗。

远远离开他的疾病

狼群奔跑过常青的树林，

农家的河没受到时髦码头的诱导；

哀悼的文辞

把诗人的死同他的诗隔开。

但对他说，那不仅是他自己结束，

那也是他最后一个下午，

呵，走动着护士和传言的下午；

他的躯体的各省都叛变了，

他的头脑的广场逃散一空，

寂静侵入到近郊，

他的感觉之流中断：他成了他的爱读者。

如今他被播散到一百个城市，

完全移交给了陌生的友情；

他要在另一种林中寻求快乐，

并且在迥异的良心法典下受惩处。

一个死者的文字

要在活人的肺腑间被润色。

但在来日的重大和喧嚣中，

当交易所的掮客像野兽一般咆哮，

当穷人承受着他们相当习惯的苦痛，

当每人在自我的囚室里几乎自信是自由的，

有个千把人会想到这一天，

仿佛在这天曾做了稍稍不寻常的事情。

呵，所有的仪表都同意

他死的那天是寒冷而又阴暗。

二

你像我们一样蠢；可是你的才赋
却超越这一切：贵妇的教堂，肉体的
衰颓，你自己；爱尔兰刺伤你发为诗歌，
但爱尔兰的疯狂和气候依旧，
因为诗无济于事：它永生于
它的辞句的谷中，而官吏绝不到
那里去干预；"孤立"和热闹的"悲伤"
本是我们信赖并死守的粗野的城，
它就从这片牧场流向南方；它存在着，
是现象的一种方式，是一个出口。

三

泥土呵，请接纳一个贵宾，
威廉·叶芝已永远安寝：
让这爱尔兰的器皿歇下，
既然它的诗已尽倾洒。

时间对勇敢和天真的人
可以表示不能容忍，

316

也可以在一个星期里，
漠然对待一个美的躯体，

却崇拜语言，把每个
使语言常活的人都宽赦，
还宽赦懦弱和自负，
把荣耀都向他们献出。

时间以这样奇怪的诡辩
原谅了吉卜林和他的观点，
还将原谅保尔·克劳德，
原谅他写得比较出色。

黑暗的噩梦把一切笼罩，
欧洲所有的恶犬在吠叫，
尚存的国家在等待，
各为自己的恨所隔开；

智能所受的耻辱
从每个人的脸上透露，

317

而怜悯底海洋已歇，
在每只眼里锁住和冻结。

跟去吧，诗人，跟在后面，
直到黑夜之深渊，
用你无拘束的声音
仍旧劝我们要欢欣；

靠耕耘一片诗田
把诅咒变为葡萄园，
在苦难的欢腾中
歌唱着人的不成功；

从心灵的一片沙漠
让治疗的泉水喷射，
在他的岁月的监狱里
教给自由人如何赞誉。

W

·

B

·

叶芝

一九一六年复活节[1]

我在日暮时遇见过他们，
他们带着活泼的神采
从十八世纪的灰色房子
从柜台或写字台走出来。
我走过他们时曾点点头
或作无意义的寒暄，
或曾在他们中间待一下，
有过礼貌而无意义的交谈，
在谈话未完时就已想到
一个讽刺故事或笑话，
为了坐在俱乐部的火边，
说给一个伙伴开心一下，
因为我相信，我们不过是
在扮演丑角的场所讨营生：
但一切变了，彻底变了：
一种可怕的美已经诞生。

那个女人的白天花在

天真无知的善意中，
她的夜晚却花在争论上，
直争得她声嘶脸红。
她年轻，秀丽，哪有声音
比她的声音更美好，
当她追逐着兔子行猎？
这个男人办了一所学校，
还会驾驭我们的飞马；
这另一个，他的助手和朋友，
也加入了他的行列，
他的思想大胆而优秀，
又有敏感的天性，也许
他会终于获得声望。
这另一个人是粗鄙的、
好虚荣的酒鬼，我曾想象。
他曾对接近我心灵的人
有过一些最无理的行动，
但在这支歌里我要提他：
他也从荒诞的喜剧中
辞去了他扮演的角色，

321

他也和其他人相同，
变了，彻底地变了：
一种可怕的美已经诞生。

许多心只有一个宗旨，
经过夏天，经过冬天，
好像中了魔变为岩石，
要把生命的流泉搅乱。
从大路上走来的马，
骑马的人，和从云端
飞向翻腾的云端的鸟，
一分钟又一分钟地改变；
飘落在溪水上流云的影
一分钟又一分钟地变化；
一只马蹄在水边滑跌，
一只马在水里拍打；
长腿的母松鸡俯冲下去，
对着公松鸡咯咯地叫唤，
它们一分钟又一分钟地活着，
石头是在这一切中间。

太长久的牺牲

能把心变为一块岩石，

呵，什么时候才算个够?

那是天的事，我们的事

是喃喃念着一串名字，

好像母亲念叨她的孩子

当睡眠终于笼罩着

野跑了一天的四肢。

那还不是夜的降临?

但这不是夜而是死;

这死亡是否必要呢?

因为英国可能恪守信义，

不管已说了、做了什么。

我们知道了他们的梦;

知道他们梦想过和已死去

就够了; 何必管过多的爱

在死以前困惑着他们?

我用诗把它写出来——

麦克多纳和康诺利，

皮尔斯和麦克布莱，

现在和将来，无论在哪里，

只要有绿色做标帜，

是变了，彻底地变了：

一种可怕的美已经诞生。

注释：

1　此诗是为爱尔兰一次失败了的争取独立的起义而写。

驶向拜占庭

那不是老年人的国度。青年人
在互相拥抱；那垂死的世代，
树上的鸟，正从事他们的歌唱；
鱼的瀑布，青花鱼充塞的大海，
鱼、兽或鸟，一整个夏天在赞扬
凡是诞生和死亡的一切存在。
沉溺于那感官的音乐，个个都疏忽
万古长青的理性的纪念物。

一个衰颓的老人只是个废物，
是件破外衣支在一根木棍上，
除非灵魂拍手作歌，为了它的
皮囊的每个裂绽唱得更响亮；
可是没有教唱的学校，而只有
研究纪念物上记载的它的辉煌，
因此我就远渡重洋而来到
拜占庭的神圣的城堡。

哦，智者们！立于上帝的神火中，
好像是壁画上嵌金的雕饰，
从神火中走出来吧，旋转当空，
请为我的灵魂作歌唱的教师。
把我的心烧尽，它被绑在一个
垂死的肉身上，为欲望所腐蚀，
已不知他原来是什么了；请尽快
把我采集进永恒的艺术安排。

一旦脱离自然界，我就不再从
任何自然物体取得我的形状，
而只要希腊的金匠用金釉
和锤打的金子所制作的式样，
供给瞌睡的皇帝保持清醒；
或者就镶在金树枝上歌唱
一切过去、现在和未来的事情，
给拜占庭的贵族和夫人听。

图书在版编目（CIP）数据

穆旦译作选 / 穆旦译；王宏印编 .— 北京：商务
印书馆，2019
（故译新编）
ISBN 978-7-100-17586-9

Ⅰ.①穆… Ⅱ.①穆…②王… Ⅲ.①穆旦（1918-
1977）—译文—文集 Ⅳ.①I11

中国版本图书馆 CIP 数据核字（2019）第 125912 号

故 译 新 编
穆旦译作选
穆 旦 译
王宏印 编

商 务 印 书 馆 出 版
（北京王府井大街 36 号 邮政编码 100710）
商 务 印 书 馆 发 行
上海雅昌艺术印刷有限公司印刷
ISBN 978-7-100-17586-9

2019 年 8 月第 1 版   开本 787×1092 1/32
2019 年 8 月第 1 次印刷   印张 11

定价：56.00 元